KB275031

눈부신 창문

눈부신 창문

김인숙 시집

문학세계사

□ 시인의 말

2016년 늦가을에 만난 문인수 시인은 "쥐어짤 것은 이미 다 쥐어짜 내었다. 이제 편하게 살아야겠다"라고 말했다. 작고 5년 전인 이때 시인은 아마도, 참된 시작詩作의 노정에서 느낄 수밖에 없는, 정신의 응집에 수반되는 극심한 억압을 술회했던 것으로 보인다.

〈빈 액자를 걸어 두고 쓰는 시〉를 지향하는 나는 때로 비운 자리에 채우는 시구절詩句節을 끝없이 바꾸는 행위를 거듭했다. 메타포와 상징의 번다한 개축 공사라 할 수 있다. 그것은 소통과 전달의 지평에서 자꾸 멀어지는 일이었다. 그러면서도 한편으로는 성취감을 채우는 일이기도 했다.

이 시집에 실은 시들은, 그런 의미에서 이 시집 이후
에는 결별해야 할 시풍詩風일지도 모른다. 시집을 묶는
이유라면 이유이다.

2025년 겨울
김인숙

□차례

I

Ⅱ

IV

I

스쳐가다

솔라 오비터*가 금성을 스쳐갔다

팔꿈치가 스쳤을까, 손등이 스쳤을까
아니야
미소만 스쳐갔을 거야

우주 같은 호수,
　스치면서 부력을 얻고 스치면서 부력을 얻어 무중력
의 수면으로 물수제비 떠간다

먼 길 혼자 힘으로는 가지 못하지

사람이 사람을 스치면서 용기를 얻고 얻은 용기로 다
음 사람을 스쳐 또 다음 사람으로 건너가는 거야

그런데, 얼마나 건너야 끝에 닿을까

담방담방 태양계를 떠서 가는 솔라 오비터

나도 모르게 나의 마그마 근처를 스쳐 간 사람, 생의
어느 길목을 어느 시간대로 건너가고 있는지

체온을 남기고 새는
출렁이는
가지의 힘을 얻어 가지를 떠나는데

* 유럽우주국ESA이 주도하고 미국항공우주국NASA이 공동 개발한
태양 탐사선. 2020. 02. 09. 23:03 미국 플로리다주 케이프캐네버럴 케
네디우주센터에서 아틀라스 5 발사체에 실려 성공적으로 발사되었
다. 여러 차례 행성의 중력 도움(플라이바이)을 받아 궤도를 수정하며
약 3년에 걸쳐 임무 궤도에 들게 되는 솔라 오비터는 그때부터 7년 동
안 태양 표면의 폭발 현상과 태양 대기 등을 상세히 관측할 계획이다.

백색 왜성

죽어가는 별을 아시나요, 아직은 생명이 남은 백색 왜성*이라는

온몸에 힘이 빠진 그는 몸이 차가워지면서 얼굴이 검어지고 있어요

아레시보 전파망원경으로 보면 별의 신음 소리가 들린대요

껍질부터 밖으로 내보내는 것을 죽음이라고 하나요 떨어져 나간 먼지가 아직 떠나지 못하고 백색 왜성의 주변을 도는 것을 임종이라고 하나요 중심별의 구심력과 행성의 원심력이 팽팽한 긴장을 놓을 때 죽음의 주위를 돌면서 죽음의 시간을 맞는다고 해요 죽음은 죽음 밖에서 맞이하는 것이거든요

살아있는 것도 핵이고 떠나는 것도 결국은 핵이에요,

죽어가는 두 별이 바짝 붙어서 빙빙 돌고 있어요 서
로서로 못 잊어서일까요, 서로가 서로를 못 잡아먹어서
일까요 죽음의 순간을 쉽게 맞이하지 못해서겠지요

투계장에서는 날카로운 쇠발톱을 단 수탉 두 마리가
마주 보고 뛰어 오른대요 유혈이 낭자한 채로 한 마리
가 죽을 때까지 할퀴고 찢는데 돈을 건 사람들이 열광
한다네요

협곡에서는 무엇을 해야 할까요

한번 어두우면 한번 밝아진다지요

* 백색 왜성白色矮星White Dwarf Star: 중간 이하의 질량을 지닌 죽어
가는 항성

지음 知音

산을 오르는 잦은 맥박으로 나는 거문고를 뜯고 벅찬
소리를 거두어 가지에 앉히는 당신은 눈앞에 산을 그리
네, 흘러가는 강물 소리를 나는 손끝으로 흩뿌리고 당
신은 물방울을 주워 모아 가슴에서 흐르게 하네, 소리
를 아는 일은 소리 속에 묻어온 햇살, 햇살 가루 같은 빗
살무늬 영혼을 읽는 일, 소리의 섶다리로 마음의 풍경
이 오가는 흐름을, 마침내 강물 같고 마침내 산 같은 그
림을 귀로 여는 일

당신이 없어 빈 세상, 들으면서도 듣지 못하는 자들
앞에서 나는 더 이상 할 일이 없네, 거문고를 타고 싶지
않네, 뜯을 일도 탈 일도 없는 악기는 이미 악기가 아니
네, 나는 이제 줄을 끊고 술대를 내던지네, 소용없는 벼
락같은, 새 울음 같은 소리를 더는 만들지 않네, 즐길 줄
아는 자가 없어 즐거움은 소용이 없는 것이네, 음音도
악樂도 만들지 않아 마땅한 것이네

그러나 세상 구석에 다함없는 운명이 아직도 있네,
내 말, 내 글을 알아주는 당신이 있어 나는 자판을 두드
리고 새벽까지 깨어 눈 비비며 벽에 대고 말할 수 있네,
벽이 깜깜해도 괜찮네, 당신만 있으면 되네, 나는 당신
을 위해 나를 위해 다함없는 말을 말없이 다 하고 있네,
다함없는 글을 다함없이 쓰고 있네, 내가 아는 당신이
소리이고 당신이 아는 내가 시詩이네, 멀리 있는 독자
여, 지음이여

비명悲鳴

직선이 날아온다

누구는 화살이라 했고 누구는 칼날이라 했다

문득 목덜미를 스쳐 가는 푸른 면도날, 뱀처럼 차갑
게

즐겁지 않은 소리가 직각으로 꽂힌다, 부르르 떠는
소리의 꼬리, 질러야 할 때는 나오지 않는

비단처럼 찢어지는 깜깜한

소리는 거꾸로 크는 키, 움츠러들면 지하 동굴의 어
둠이 되는 것

날 선 단도에 대한 기억이 있다, 사용하지 않기 위하
여 소유한다는 사람을 안다

비명을 물고 있는 단도의 비명은 듣지 않아야 해, 날
이 칼 같아 칼날이라 불리는
　꼭꼭 숨은 내장을 도려내는 비명

　다 떠나고 혼자 남아 슬픈 소리
　몸이 없어 가볍게 날아가 날카롭게 꽂히는

땅에 쓰는 심서心書

땅을 보고 땅이라고 불렀다
엄마가 웃는다

흙을 노래했다 엄마가 웃는다 어딘가에서 와서 어딘
가로 가는 바람을 흐름이라 했다 엄마는 난장에서 옷을
사 입고 언 손으로 개울가에서 빨래를 했다 오월에만
한 번 노래 속으로 소환되는 엄마

땅이 젖고 땅이 마른다 엄마가 젖고 엄마가 마른다

눈 온 뒤의 흙길에는 눈 녹은 흙물이 구덩이에 고여
있었다 진창보다 더 진하게 고여 있는 엄마의 눈물은
꾸덕꾸덕 얼면서 말라갔다

땅의 향기는 궂은날 진하게 핀다 부엌 문지방을 넘으
며 손을 닦던 엄마의 앞치마 냄새

꿈은 새싹처럼 땅에서 돋지만 낙엽처럼 땅으로 돌아
간다 미래에 무언가를 거는 것은 허망하다 빤질빤질한
미래의 얼굴

엄마는 안다 알면서 모른다고 한다

엄마가 손을 비빈다 비비면서 빈다고 한다

땅에 땅이라고 썼다
엄마가 웃는다
글자 위를 날면서 부추 꽃처럼 고개 돌려 웃는다

엄마는 벙어리
엄마는 귀머거리
엄마는 청맹과니

달을 켜면

　　　　　　　—강가의 그 집 거실 벽에는 부엉이 열쇠고리가 걸
려 있다, 달력과 티브이 사이 부엉이 회중시계 줄 위에

부엉이는 연못 같은 눈을 가졌다

'부엉부엉' 울면 수초에 붙들린 수면이 울렁거렸다

연못 속으로 밀고 들어간 달은 주름져 이지러진 몸을
비튼다 수명을 다한 형광등이 껌벅거리듯

스위치를 눌러 불을 켜면 어둠이 젖혀지고 몇 자루의
진검들이 '나 날이 섰다'라고 소리 지르며 검실을 나서
는데 섬뜩한 그때 별이 반짝인다나

나이 든 사람처럼 부엉이는 아름답다 눈 감지 않고
먼 길 날아가는 바람처럼 날 지나 가라앉는 울화처럼

　　손가락을 들어 올려 달을 켜면 연못이 둥글린다는 것
을 테두리로 음악이 물결 진다는 것을

　　안다, 달을 켜면 잠들지 않는 부엉이의 숨은 내력이
쏟아져 눈 껌벅이는

　　검무 서늘한 둥근 밤이 둥근 연못을 지나 어늘어늘
둥근 새벽으로 가는 것을

　　잠들지 않고 밤을 새워 잠든 이를 지키는

　　늙지 않는 너, 진검 푸른 날 위에서 춤추는

　　달은 부엉이 눈 같은 연못을 가졌다

물양귀비

소녀는
노랑 저고리에 초록 치마를 입고 있었다
물 위에 떠서 물처럼 웃으며
치마폭 아래 물을 감추고 있었다
물의 몸으로 와서 물의 몸으로 가는 길 위에서
연한 마디마디 꽃을 피우며
탱고를 추던 정열의
긴 다리를 벋어 바닥의 진흙을 움켜쥐고 있었다
밤이면 노란 달의 정기를 받아
날이 갈수록 저고리의 색깔이 은은해졌다
나서지도, 숨지도 않는 낮은 음색의
다소곳한 표정에는 반그늘이 내려와 머물고 있었다
부에노스아이레스*
맑고 상쾌한 바람을 마시며
해가 지면 웃음을 거두고 해가 뜨면 웃음을 열었다
흐르다 머물면 거기가 바로 고향이다
잊히지 않는 먼 날이 다가와

대서양의 낭만으로 들앉은 소녀의 눈에는
청순한 7월이 물결처럼 흐르고 있었다

* 남미 아르헨티나의 수도인 부에노스아이레스는 '좋은 공기
Buenos Aires'라는 의미이다.

꽃그늘

꽃그늘 아래 새가 집을 짓는다

온몸으로 기도하는 새집의 오른쪽 어깨에 스테인드
글라스에서 내려온 예수님의 옷자락이 걸려 있다

세상 모든 집은 몸속에 몸을 들인다

거기에도 빗방울은 떨어지고 미래의 습지 주변에 마
른 꽃씨 하나 숨어드는데 현을 떠난 첼로의 저음에 물
기가 묻어 있다

두 손을 모으고 기도하는 여인의 미사포 아래 어룽어
룽한 꽃그늘이 들자 스테인드글라스 고운 열두 색깔이
예수님의 광휘를 둘러싼다

몸이 사랑이고 품이 집이다

꽃그늘 아래 깃들여 있는
새집 속에 잠든 아기 새의
정수리 솜털이
보스스
바람의 방향으로 밀리고 있다

망각 낙화

바람의 방향으로 꽃이 떨어진다 사선으로
관심이 구르는 동안 구르는 데 열중하다가 기억의 방
향을 놓쳐 버린다

무대에는 꽃이 지워졌다

꽃은 가지마다 매달려 피었는데 탁자 위에 떨어진 물
방울이 영역을 넓혀 나가듯이

청매실처럼 이름은 팽팽하고 팔을 걷어붙인 대낮이
유난히 눈부셨는데

햇빛이 반사되는

실버타운 흰 벽 안으로
오래된 등불들이 깜박거린다 모여 앉아
다 꺼지고 조금 남은 기억들이 색깔 없이 웃는다

사탕을 넣고 오물거리는 입술 근처의 주름진 근육이
초점을 잃고 지나온 지점을 향해 흔들린다

수분이 하나씩 떠나고 몸짓만 남아 굳은 표정의 드라
이플라워 안색이 점점 더 희미해진다

낙화는 꽃의 망각

지워진 꽃이 떨어지는 탁자에 모여 앉아 온종일 지화
紙花를 접는다

하염없다

할까 말까

아이가 놀고 있다 블록으로 만든 장난감 집에 들어가
이야기를 만들며 이야기 속에 빠져서 장난을 하고 있다
빠져서 놀고 있는 블록은 블록이 아니고 장난도 장난이
아니다 진짜 집이고 진짜 이야기이다 할까 말까 망설임
이 없다

물에 빠진 사람은 빠질까 말까 망설이지 않는다
헤아림은 물 밖에 있는 것

위층 여자가 폭포처럼 피아노를 치고 있다, 들을까
말까

관솔 구멍 가득 들어선 햇살 기둥에 마루 밑 오래된
먼지가 물고기처럼 헤엄치고 있다, 가라앉을까 말까

하얀 땅찔레꽃 소복하게 피었다, 울까 말까

잘 구운 생선 살 하얗게 뼈 발라 놓는 어머니, 먹을까 말까

침향沈香 그윽하니 썰물 나간 갯가, 맡을까 말까

잘 자란 잔디 구장에 놓인 얼룩무늬 축구공, 찰까 말까

아직 들어서지 않은 문밖, 미수의 갈등

할까 말까

들어갈까 말까

살까 말까

오전은 숲길, 의자는 몽상가

어둠을 건너와 반쯤 검은 물이 든 오전이 의자 위에 앉아 있어 반 백 반 흑이네 키가 작은 아이에게 정오까지 기다려 보라고 할까 성장 호르몬은 깊은 밤 잠잘 때만 나온다는데

오전은 숲길, 의자는 몽상가

사색은 허물어질 거야

당신은 의자를 잡고 서서 운동을 하고 나는 의자 위에 서서 정리를 해요 싱크대 수납장의 성장판이 닫혔어요 우리는 각자의 의자를 들고 숲길로 갈까요

정오의 숲길은 의자 안에 있을까요 밖에 있을까요

아이가 프라하에서 셀카를 찍어 보냈어 도로변의 아파트가 성곽 같네 성안에서 일어나는 일은 아무도 모르

지 밀크 브라운의 밝은 머리 색깔은 국내에서 뽑은 거
야 근데 눈썹만 유독 검은색이네

　　석양이 내린 황금 골목길에서 카프카를 만나 봐

　　더운 날의 변신은 힘들어

　　키는 반드시 자라야 하는 것이 아니지

　　뾰족지붕 아래 릴케의 색 바랜 의자를 치워 버릴까

땅 위

땅 위에 나무, 나무 위에 하늘

땅 위로 걸어갔다 나뭇가지 형상으로 난 길은 중간
중간 갈림길로 마주 섰다 망설임으로 축조된 길은 모
두 땅 위에 있고 지하철도 하늘길도 땅 위에 있다 당신
에게로 가는 길은 하늘 무거운 날에도 무겁지 않다 햇
빛 부시고 공기 맑은 날, 당신은 땅 위를 걷고 당신은 아
직 살아 있다 땅 위에는 뱀처럼 기어가는 게 있고 출렁
다리처럼 흔들리는 게 있구나 흙 위에 있어 종내에는
모두 흙이 되는 거구나 중얼거린다는 것은 아직 흐르고
있다는 징표

땅 위로 땅이 흘러가고 땅이 흘러왔다 사람들이 모이
는 곳에 장이 섰다 소전거리도 생기고 사기전거리도 생
겼다 물자가 물처럼 모이는 땅 위에서 그들은 필요보다
많은 것을 가지고자 했다 흐르는 땅을 붙들어 땅 위에
땅을 쌓는구나 땅 위의 나무는 뿌리를 보이지 않는구나

먼지가 두껍게 하늘을 가린다 깜깜한 아래를 안다는 건
두려운 일, 평화는 땅에서 이루어지느니 땅이 울렁거린
다는 것은 아직 푸름이 있다는 징표, 땅 위가 살 만하다
는 징표

　황금빛 땅 위에 초록빛 숨결, 낮밤으로 번갈아 뜨는
해와 달, 저 위에 있네

땅 아래

아래로 아래로 자꾸 잦아든다
낮아지는 높이는 줄어드는 것이 아니라 늘어나는
뿌리가 일사불란하게 찾아가는 물의 방향, 방사형의
깜깜한 어둠 속을 바라본다
본다는 건 눈의 일만이 아니라 손가락의 일
손톱 아래 흙이 파고들도록 꼬무락거리는 일
단단하게 닫힌 생을 열고 들어가는 것이 아니라
뚫고 내려가며 앓는 생인손은 사선으로 벋는 타협주
의자
손가락 끝으로 눈물이 흐르는
당신은 위에도 있고 아래에도 있지만 검은 얼굴의 사
람은 언제나 아래에만 있다
그들 사이의 경계를 땅이라 한다
위도 땅이고 아래도 땅인 땅의 어두운 방 안에서
위의 당신은 힘들고 아래의 그는 답답하여 편하다
그래서
땅 아래 하늘나라로 간 사람들은 돌아오지 않는다

우물 깊은 곳을 지나서 내려가고 돌아가면 거기,
눈 없는 사람들이 눈 없이도 아래를 내려다보며 잘
살고 있을 것이다
손가락으로 눈물을 질금질금 흘리며 눈이 없는 뿌리
만 아래로 벋고 있을 것이다
채워지고 다져지면 더 아래로 흐르는 땅의 신이
끊어질 듯 희미한 실뿌리로 갈라진다
보이지 않아도 거기 있는 줄 아는 땅 아래, 하늘나라
아래로 아래로 자꾸 높아진다

바람의 자식들

바람의 자식들은 바람으로 태어나 바람으로 살다가
생이 끝날 때가 되면 광야로 나간다
몸을 떠난 자들이 모이는 거기로
잠들어 있어도 바람이고 엎드려 있어도 바람인 자는
멀리서 부르는 소리가 들리면 무작정 나서야 하는
것을
빈 몸, 빈 눈의 촉으로 안다
벗어나면 열리는 해방의 길을 찾아
견고한 벽을 넘는 노정에서 잉태한 태풍의 씨앗이
말 없는 말로 쌓이다가 팝콘처럼 터져 나오는 날에는
서러운 절명의 시를 쓰기도 하지만
살아서도 죽어서도 시인인 사람이 그리운 광야로 나
간다
있으면서도 없고 없으면서도 있는
공허
꿈꾸면서 꿈을 잃어버린 사람의 계보가 바람이다
사람이 바람이고 바람이 사람이다

꿈길도 깊이 들어가면 끊어졌다가 이어지는데
정작 꿈꾸는 사람은 사라지는 때가 있다
광야가 사라져도 광야로 나가는 길은 사라지지 않고
소멸하면서도 소멸하지 않는
이승의 바람은 길을 따라 정신의 집결지인 광야로 나
간다
광야로 가는 태생이 광야인 바람의 자식들은
살아서도 죽어서도 몸 전체가 허공이고 광야이다

방울새를 헹구면

거꾸로 매달려 열쇠를 따듯 해바라기씨를 열고 있었
다 새카맣게 익은 씨알들이 또르릉또르릉 줄지어 나왔
다 생것을 날로 먹여서는 안 되지 토해낼 위를 미리 헹
구었다 빈속은 멀고 깊었어 아름다운 노래는 수컷의 전
유물 나는 벽시계 위에서 잠자는 반려동물이 되고 싶어
벽을 파고들었다 성벽을 넘어 미세먼지가 자욱이 몰려
오는 시간대의 낮은 음역대가 발에 밟히면서 칼칼한 목
이 자꾸 간질거렸다 목을 헹구면 미성美聲이 회복될 것
이다 방울방울 명랑明朗이 초롱꽃처럼 길 밝힐 것이다
퇴색한 벽화 속의 방울새를 헹구면 해바라기 씨알 같은
새끼들이 줄지어 나올지도 모른다 도르릉도르릉 방울
의 열쇠를 열 수 있을지도 모른다 ─시詩라는 이름의

II

라인

당신에게로 가는 길이었을까
시선의 끝에서 숨은 꽃이 피는 물결선이 출렁인다
꽃 피는 라인을 읽으며 꽃 지는 부호를 발음한다
자존심은 직선의 경도硬度로 어제의 얼굴을 고집하
지만
흔들리는 직선이 마침내 둥글게 편해지는 지점에서
당신은 가상선으로 말하고 나는 물결무늬 흐름으로
속에 들인다
엽서가 왔다
태양이 우리에게로 오는 길
화상을 피해 마침내 길을 나서는 우리의 길가에
곱게 물든 낙엽처럼 나뒹구는 가상선은 아름다웠다
빨랫줄이 하늘을 가르며 빙의를 털어내던 날
비가 오지 않는 계절의 외형선은 수척했다
사람 사이에도
얼음 어는 시간이 있어 모서리선에는 날카로운 날이
있었다

이제 우리는 수면처럼 깊이 손을 잡는다
악수는 선이 선을 잡고 선이 선을 쓰다듬는 의식
춤추는 빨랫줄을 밟고 그네처럼 차오르는 약속
당신 부근에 선 내 마음이 중심선이 된다
내 앞에 선 아름다운 당신 가슴으로 난 하염없는 길
먼 눈길이 당신에게로 가는 길이었을까

물가涯를 걷다

길이 끝나는 곳에 벼랑이 있었고 벼랑 아래 물이 흘러 다시 길이 열렸다

배는 여전히 건너편 먼 육지에 정박해 있다

새벽에 누가 또 이곳을 지나간 것인가
물기슭에 자국을 남기며 가장 낮은 곳을 걸어간 족적이 지금은 벽에 걸려 있다
무늬 돌이 구들장처럼 쌓여 있는 허공의 책들이 검게 물결 진다

벼랑 끝을 걷다가 떨어지는 사람의 천 길 낭떠러지에 매달린 앙상한 갈비뼈는 희다

흰옷을 입은 여인이 물가에서 하얀 피리를 불고 있다
갈비뼈를 깎아 만든 소리
물결의 젖은 손에 붙들린 피리 소리가 해안을 철썩이

고 있다

　순결이란 그런 것, 언제 떨어질지 모르게 일촉즉발로
장전된 침묵

　안내도 없이 하늘 아래 외로움이 물가를 걷는다

　걷는 모습이 달빛 같아 애월涯月이다

눈부신 창문

물 흐르듯 당신에게 다가가야 합니다

당신은 밝음으로 거기 있고
나는 조금씩 어둠을 밀어냅니다

봄이 당도하기 전에 강가의 버드나무가 싹눈을 먼저
틔웁니다 보이지 않는 부활의 시간을 향해 창문이 먼저
달려갑니다 시간이 보이면 시간은 남아 있지 않습니다
모두에게 미래는 있지만 서로 다른 미래입니다

창문의 결은 물결 같습니다
바람에 밀리며 방향을 바꿉니다

나는 산만하지 않을 것입니다
박학하지 않을 것입니다
알맞은 거리만큼 보면서 본 만큼만 알겠습니다
물결을 흘려보내며 제 자리에 서 있겠습니다

창문은
나를 당신에게로 보내는 것이 아니라
당신을 내게로 데려오는 입구입니다

골목길 남의 집 담장 위에 줄장미가 푸지게 피었습니
다 핏빛 붉은 꽃잎에 숨이 멎습니다 아찔한 현기증으로
뒤뚱거리면서도

나는 당신을 가지지 않음으로써
온전히 가지게 됨을 압니다

내게로 오지 않아도 가득 차게 되는 것이 아름다움입
니다
　내 것이 아니면서도 나를 기쁘게 하는 것이 아름다움
입니다

물 흐르듯 당신을 데려와야 합니다

마음에 여백을 만들면
당신이 내게 걸어 들어와 눈부신 창문이 됩니다

수차가 있는 풍경

거울이 부서지고 있다, 하늘이 부서지고 뭉게구름이 부서지고 물가의 하얀 카페가 부서지고 마주 앉은 젊은 남자와 여자가 부서진다, 하얗게 반짝이는 거울의 부서진 살, 살아 있어 상처받고 부서지는 것들이 하늘에서 벗어나는 방식은 부서져서 허공에 흩어지기이다, 하나의 손이 하나의 허공으로 들어선다, 수면이 설렌다, 숨 가쁜 풍경이 문득 반짝인다, 반짝이는 것은 부서지면서도 반짝인다, 가장 낮은 곳의 웃음은 부서지면서도 하얗다, 하얀 수차가 푸른 수면을 쉼 없이 부순다, 세상 끝으로 부서지는 하얀 슬픔, 반짝이며 일어서는 물의 몸, 반짝이며 흩어지는 물의 얼굴, 하나의 손이 하나의 허공에 하나의 무지개를 세운다, 물가의 하얀 카페를 바라보며 손끝으로 흩어진 채 비스듬히 걸린 풍만한 물의 살

수레국화

설움도 모이면 이리 오종종한가요
잉크로 쓴 손편지의 가여운 우표 같아요
이별의 먼 강이 흐르는
남청색의 가늠할 수 없는 깊이를 보아요
창백한 커튼 앞에 서 있는
파랗게 질린 표정이 애처로워요
바람 불면 이웃한 설움들이 주렴처럼 흔들리네요
내가 해 줄 수 있는 것이 아무것도 없어요
수심 낀 얼굴로 그저 옆에서 바라볼 뿐이에요
사랑은 혼자 책임지는 모험이라지요
붉디붉은 흑적색 늪이라면서요
그래도 하지 않을 수 없어 끝내 슬픔이 된다고 해요
바큇살처럼 차르르 걸어 나가세요
만물은 눈물에서 태어났대요
참고 참다가 더는 참을 수 없을 때
긴 목을 뽑아 올리고
남청색 눈물을 강물 위에 쏟으세요

선 자리에서 눈이 무르도록 울어요

당당하고 우아한 당신

꽃으로 터뜨리는 오종종한 울음을 말리지 않을게요

집자集字

앤젤리나 졸리의 눈썹으로 해 주세요
화장한 것 말고 생얼로요
손가락은 선덕여왕이 좋겠어요
빨강 자주 하양의
모란꽃 그림을 살피는 손가락으로요
손가락을 올려 귓밥을 어루만질
귀는 부처님의 귀가 제일이겠지요
탑을 세우던 마법의 손도 필요해요
세수하고 갓 닦은 새 손으로요
방역 수칙의 기본은 새 손이잖아요
목소리도 가져올 수 있나요
푸른 산속, 푸른 물가에서
시조창을 하는 황진이의 목소리가 좋겠어요
하악을 깎아 내고 상악을 살짝 들어 올리는
양악 수술은 부담만큼 효과도 크다지요
세상을 바꾸려면
판을 바꾸는 것도 생각해 볼게요

작은 것들이 모여 아름다움이 된다지요
예쁘고 싫증 나지 않는 글자들만 모아
천년만년 가는 비석을
당신의 가슴속에 세우고 싶어요

윤슬

해를 마주하여 걸으면 당신이 반짝이고 있다
달빛 내리는 곳을 지나다 보면
거기 하얗게 당신이 명멸하고 있다
물고기의 비늘처럼 파닥거리는 당신의 육신은
하염없이 눈부신 보석이 되어
경쾌한 피아노 소리처럼 빠르게 튕기고 있다
눈물의 뼈라고 불릴 반짝임은
아름다운 발레리나가 뿌리고 간 율동일 것이다
눈이 시린 나는 물가의 나무로 서서
술에 취한 듯 당신의 현기증을 앓는다
지상에서 가장 밝은
햇빛 부신 낮에도 나무는 어지럽고
지상에서 가장 은은한
달빛 하얀 밤에도 나무는 어지럽다
수정같이 맑은 당신의 영혼을 보며
사랑 앞에 현기증을 앓는 나의 병은 깊어지는데
가장 낮은 곳에서 모든 것에 무심한 당신은

혼자 신이 나서 반짝이는 자기도취이다

꽃그늘 아래 정오

정오에 볼까

우리의 기억이 서로 달라 너는 바르고 그른 것을 보고 나는 태양이 표준 자오선을 지나는 순간을 보고

꽃비 내리는 하늘 아래서 너를 기다리는 동안 너는 동굴같이 어두운 지하방에서 문장을 뒤적인다

마주 보는 시선이 불편해 바시랑대다가
　나는 티브이를 향해 누워 자고 너는 연리지가 되어 내 다리를 꼬고

꼬인 다리가 아파져 와 나는 배슬배슬 말라가고
　슬그머니 흘러내리는 나를 잡으려 너는 더 힘주어 조율하고

가끔은 악몽을 꾸다가

나는 너를 생각하고 너는 나를 바라보고
통하지 않는 언어일지라도 우리는 언제나 서로를 기
억한다

내려 쌓인 꽃잎을 햇볕이 지우며 가고
너는 그림자가 없다

항상, 나는 너를 보고 너는 나를 보고

우물 속의 달

1.

눈이 무르도록 기다린
당신이
문득 와서 잠시 머물고 있다

깊고 먼
내 눈 속에

2.

  좁고 깊어서 슬픈 우물 속, 검은 눈동자 위로 음파처럼 떠가는 그림자를 꿈이라고 불렀다, 꿈의 테두리, 꿈의 둘레를 안고 둘레에 갇혀 둘레를 배회하며 살아가는 슬픈 호수가 있다, 떠가는 배는 날개가 있어 침몰하는 일이 없었다, 어두운 수면을 미끄러지다 날아오르는 배의 이야기는 순식간에 시작된 만남이고 순식간에 끝난 이별이었다, 구휼하는 해적처럼 천의 얼굴을 가진 배, 깜장 거울에 하얀 그림자를 남기며 날개를 펼쳐 날아오

르는 나비를 당신이라 부를 때, 테두리가 사라지고 둘레
가 사라지고 호수가 사라지고 검은 눈동자가 사라지고
마침내 배와 그림자와 나비와 깜장 거울마저 사라질 때

3.
내게 빠졌던 당신이 떠나간다
흔적 없이 그가 사라져 간다

홍시

이제 그는 황홀해지려 하고 있다

하늘 짱짱 푸른데 가지마다 빨간 색등을 달고 낙하산
도 없이 낙하를 준비하는 얼굴은 왜 환한가

이제 그는 사방으로 창을 내고 해방하려 하고 있다
붉은 그림자가 창호지에 어른거린다

온 길을 지우며 거꾸로 돌아가는 귀향은 환희여서

어느 활화산을 거쳐 왔기에 저리 붉디붉게 불타는 몸
으로 익었는가 아름다움의 끝에 와서 끝없이 부풀어 오
르다가 마침내 풀리는 몸

석별의 의식도 갖지 않은 채 지금 그는 석양이 되는 중

새가 파먹다 간 가슴에서 여치 소리가 태어날 때 비

산의 시간은 열차처럼 다가와서

　사다리로 올라오지 않았으므로 밟고 내려갈 계단은
없다

　부드러운 바람이 다가와 얼굴을 쓰다듬던 허공의 수
줍음으로

　오래 걸어와 깊이 무르익은 전구가 탁 터지며

　어디에도 묶이지 않은

　몸 한 자락 질펀하게 드러눕는 저녁 공기가 모처럼
최고 좋음이다

어떤 판화

탁자 위의 화병엔 초콜릿빛 장미가 꽂혀 있었고 통
유리엔 굵은 빗물이 흘러내렸다 여자가 왔다 비에 젖은
여자의 몸에서 와인 냄새가 났다

바닥에는 장미꽃 무늬가 빗물을 따라 번지고 있었다

여자가 울고 우는 여자를 달래던 남자가 따라 울었다
둘은 서로의 어깨를 붙들고 오랫동안 쉬엄쉬엄 빗소리
로 흐느꼈다

선이 굵은 여자의 실루엣 속에 갇힌 남자는 왜소하였
으나 행복해 보였다 남자가 잠이 들고 잠든 남자의 젖
은 머릿결을 여자가 닦고 있었다

괘종시계가 천천히 정오를 쳤다

한지인 듯 가슴판을 갖다 대고 서로가 서로를 문지르

면 푸른 색물 붉은 색물 마르기 전에 있는 대로 우울이
찍혀 나왔다 여자를 건너서 남자가 찍히고 남자를 건너
서 여자가 찍혔다

　　산을 넘어서 강이 흐르고 강을 건너서 산이 솟는

　　그때 그들은 비 오는 날의 풍경이 되었다
　　우울한 일요일의 액자 속 판박이로

조용한 핑크문

　　막 흔들어 놓은 오미자 찻잔이 창문 위로 떠오른다
작은 얼음 두 덩이가 몸을 부딪치며 내는 투명한 핑크
유리 소리는 요란하지 않다 조용한 색깔은 산전수전을
겪은 색깔의 돈독한 악수에서 온다 잔잔한 달은 적막하
여 누구도 안으로 들이지 않는데 다만 그들이 그를 들
일 뿐이다 얼굴이 붉어진 어둠 속의 적막한 화병에서
떨어진 해바라기 꽃잎이 탁자 위에 가득히 쓸쓸하다 켜
켜이 옆에 누운 달빛 그늘의 침대 모서리도 쓸쓸하다
커튼의 그늘이 영혼이라면 돌아오지 않는 여인을 도망
자라 해도 어색하지 않다 도망자는 누구든 꼬리를 던져
두고 사라지는 도마뱀의 단정한 뒷모습을 가졌다 돌아
볼 겨를이 없는 눈 내리는 들판이 안식일 때가 있었다
잊혀짐이 숙면처럼 깊을 때가 있었다 숨겨진 상자의 뚜
껑에는 봉숭아꽃 분홍 물이 자주 배어 올랐다 손톱에
고운 달이 뜨는 소녀는 죽지 않았다

파필破筆

몸을 넘기 위하여 몸을 쪼갠다
그리운 너를 그리는
세상에, 무너지고
부서져서 아름다움으로 가는 길은 여기
샛강 여린 사랑의 길목이다
펼친 손가락같이
허공에서 갈라져 흔들리는 나뭇가지같이
꿈틀거리는 숙명을 만드는
하나에서 나온 여럿이여
살아 있는 것들의 자디잔 세목이여
아름다움은 그런 것
하나의 가지 끝으로 어긋나게 피어나는
붉고 푸른 웃음들 환한
세상의 꽃들은
그리움을 그리기 위하여 여린 몸을 찢는다

햇빛 줄다리기

화살나무 발치에
햇살 몇 줄기 꽂혀 있다, 나란히
해를 붙들고 있는 땅의 긴장
필사적으로 팽팽하다
잎들이 시위처럼 바람 일으켜 날개를 식히는데
저 현 뜯어 동굴같이 깊은 소리 낼 수 있다면
나는 혼자서 울었을 것이다
간결함이 수식 없이 일어서고
간절함이 간절함으로 건너가는 최단의 길
팽팽한 직선의 눈물을 흘렸을 것이다
꼬장꼬장한 결기로 풀 먹인 모시 깃이
구겨지기 전에 먼저
스스로 자기 척주를 꺾는 것을 보며
나는 혼자서 잦아드는 속울음을 울었을 것이다
반짝이는 명주실 가닥 현들은
여린 손가락 살을 파고들어 피를 머금는데
눈부신 소리, 가늘고 높은 소리를 들으며

참다 참다 나는 끝내 혼자서 울었을 것이다
화살나무 아래 화살 맞은 짐승처럼
팽팽한 긴장 견디지 못해
창백한 낮달로 스러져 갔을 것이다
다시는 줄을 당기지 않았을 것이다

가온다 원근법

소리가 좌정했다 방석의 쿠션이 약간 내려갔다 기울지 않는 마루 위의 한가운데에 자리 잡은 정적 가운데 당신이 있다 당신은 위로도 아래로도 움직일 자유가 있다 그러나 아직은 적막, 속 빈 으뜸자리인 당신의 질량은 부피가 아닌 위치이다

비가 왔어요. 룰루랄라~~ 빗방울이 제자리를 찾아가요 막대 같은 꼬리를 끌며 어디에서 싹을 틔울까 망설이고 있어요 높고 낮은 빗방울의 행진이 물을 튀기고 있어요 음표는 바스러지는 것이 아니라 매일매일 새 얼굴을 내미는 엄마예요

앉아서 들어 보면 가까운 건 크고 먼 건 작게 들린다 멀리 간 사람은 작게 보이다가 마침내 보이지 않는다 다가가서 들어 보면 모두가 음악이다 마음이 즐거워지는 맑고 고운 소리 속삭이는 오래전의 사람은 언제나 곁에 있다

아지랑이가 피어요 고물고물~~ 많이 곤했나 봐요 자꾸 잠이 와요 높은 계단을 내려온 지하인 것 같아요 내려보낸 내가 저만치 내려가는데 올려 보낸 나는 이만치 올라가고 있어요 가온다를 떠난 두 개의 나는 언제 만날까요 언제 춤출까요

III

젓가락의 가언 추론

온몸이 다리인 당신의 발끝이 섬세하다면
가늘고 민감한 지능은
몸의 바깥에서 작동하는 유전자 때문일 것이다

발롱, 공중에서 발롱대는 동작으로
가볍게 올라갔다가 부드럽게 내려오는
발레리나의 가늘고 긴 다리

홀로였다면 그냥 누워 있었을 당신들이
이제 둘이 만나 마주 잡는 힘으로 나선다면
굴러다니는 공복의 역사를 곧추세울 것이다

흩어진 외로움을 모아서 한 쌍을 만든다면
서로 밀어내는 힘이 합해져서
당신들은 낮아서 소중한 것을 들어 올리겠지

가령 당신들의 긴 다리에 풀물이 들었다면

들판을 헤매다 왔다고 생각할 수 있다
헤매다가 춤추게 되었다면
빨대처럼 풀밭을 빨아올렸다고 말할 수 있다

앙트르샤, 두 다리가 허공에서 교차한다면
궤도를 이탈한 별들은 떨어지고
우리는 고개 숙인 채 꿈을 찾아야 한다

들판을 무지개처럼 하늘에 걸치는 방법은
상상을 발화하는 유쾌한 던짐의 그랑 바뜨망이다

만약 당신들이 지금 경쾌한 스텝을 밟으며
물방울처럼 튀어 오른다면
우리의 주름진 뇌는 대낮처럼 즐겁다고 할까

시를 만진다

신이 나무를 만진다

가을에는 잎을 떨어뜨려 지난여름을 지우고
엄동 내내 새 색깔 새 향기를 담아서
봄이 오면 새 옷 새 이름의 배로 만들어
흐르는 물에 띄워 숲으로 보낸다
나무는 물에 젖은 마음이 되어 이때부터 흘러간다
신은 겨울 광장으로
흩날리며 떠가는 눈발의 가벼운 몸짓을 흉내 내어
나무의 무게를 버린 것이다
신의 부드러운 손길은 하염없이 부드럽다

천의 얼굴을 바꾸면서 흘러갈
거리에서 눈물을 만지면 시니시즘이 되었다
고단함이 묻어 있는 표정에는 겨울 숲이 들어 있었다
배차 간격이 늘어진 노선버스가 지나가고
봉쇄된 광장 위로 드론 택시가 하늘을 가로질러 갔다

시맹詩盲이 오던 날
너를 만지던 골목에서 너를 잃어버리고
보이지 않는 너를 찾아 몇 날 며칠을 헤맨 적이 있다
내밀 수 없는 나의 거친 손길이 하염없이 미안하다

시인이 시를 만진다

우리 어디서 흘러왔을까

어머니

어머니의 나무에 대한 생각의 어디서 왔는지도 모르는 나무의 가지에서 왔을지도 모르는 생각 하나의 은하가 흐르는 생각 속의 열 개의 은하 스무 개의 가지 백 그루의

나무는 어디서 흘러왔을까

나무 밖의 어머니에게 묻습니다

고향으로 가는 길에 건너온 개울 넘은 언덕 지나온 들판 속의 강을 건너면서 사라진 언덕의 기억 개울의 기억 강의 기억 고향의 기억

사라지면서 사무치는 그리움은 어디서 흘러왔을까

강이 흘러온 방향을 보며

어머니 속의 나무에게 물으면 나무 밖의 어머니는 말
없이 흘러갑니다

강을 거슬러 오르면 미루나무 그늘 아래 모래알 사이
엎드린 바람의 갈피가 지심으로 흐르는

고향을 찾다 보면 그만큼 살아온 것이 됩니다

연못 속의 달 속의 하늘 속의 달 속의 나 속의

흩뿌리는 비는 어디서 흘러왔을까
몰아치는 바람은 어디서 흘러왔을까

어머니

바라봄에 대하여

점집 앞을 지날 때면 비가 온다

당신을 꾹꾹 눌러 담은 때가 있다, 내 눈 속에

당신은 구겨져 들어오고
나는 다림질로 구김살을 편다

결코 될 수 없는
당신은 꽃을 바라보고 나는 당신을 바라본다

바란다고 해서 이루는 것은 아니다
라고 선녀가 말한다

빠져나간다고 해서 벗어나는 것은 아니다
라고 동자가 말한다

그러나, 갇힌 자는 날 밝은 밖을 바라본다

시선이 빠져나가고
마음이 불러들여 담는다

보이지 않으면 불안하지만

바라는 것은 부질없고 담는 것은 허망하다
눈은 어리석고 마음은 바보 같다

그해는 대장군이 서쪽에 있어 전고에 없던 변고가 생
겼다
사람들이 손으로 하늘을 가리고자 했다

바라보는 것은 지점이 아니라 결국 방향이다

언젠가 덮었는데 지금은 드러난 방향이 있다

암전暗轉

한순간에 빛이 빠져나갔다 뱀의 꼬리처럼 나뭇잎이
사라지고 하늘이 사라지고 당신이 사라졌다 몸을 말아
구를수록 어둠은 더욱 깜깜해졌다 나는 외톨이가 되어
어둠으로 서 있었다 내려앉은 검은 시간은 지루하게 침
착하였다 관악기의 낮은 숨소리가 들렸다 역사가 만들
어진다고 했다 전망이란 전망은 모두 갇혀 버렸는데 누
구는 절망하고 누구는 기다렸다 어둠의 낱장 사이

깜깜한 벽에 바늘구멍이 뚫린다 빛이 몰려들수록 구
멍은 더욱 커진다 긴 기다림의 끝에 한순간 돌아오는
빛은 화살처럼 예민하다 그리고 당신이 나타난다 동그
란 빛 속에 동그란 얼굴이 드러나 조금씩 퍼져 나간다
어둠의 심연에서 나온 싱싱한 말은 하염없이 팽팽하다
빛의 가루가 묻어 반짝이는 장면의 바뀐 들판과 새 성
곽이 문득 펼쳐진다 아득히 밝은 무대

기린은 하루 5분 잠자고 대왕고래의 심장은 1분에 2

회 뛴다 접견실에는 오래된 새 투구가 놓여 있다 한 번
어두워졌다가 한 번 밝아지는 것을 하루라고 한다

　하루가 살아 있다

관觀

보아도 보이지 않았다 석 달 열흘이 지나고 석삼년이
지나도 한 치 앞 미명을 건너지 못했다 묵언도 단식도
끝내 별무소용이었다 칠순의 비구니 혜와慧窩*는 일어
나 주섬주섬 송곳을 찾았다 보이지 않는 눈은 눈이 아
니다 막힌 곳을 뚫어야 건너갈 수 있다 모두들 주저앉
은 여기 이 벽을 허물어야 한다 허물다 쓰러지면 뒤의
도반이 와서 다시 허물 것이다 나는 여자가 아니다 둘
이면서 하나이며 하나이면서 둘인 양손의 송곳을 혜와
는 벽의 중심으로 쑤욱 밀어 넣었다 벽 저쪽에서 뜨뜻
한 물이 솟아 나왔다 이쪽과 저쪽을 이으려는 듯 소통
의 성수는 미끄럽고 끈쩍했다 송곳을 뺐다 순간 바람이
불어왔다 시원했다 주름이 열리면서 반야가 황홀하게
나타났다 밝고 눈부셨다

─며칠 뒤 혜와는 다비장 불더미 위에 누워 나비처럼
가벼운 몸짓으로 그가 본 반짝이는 지혜를 설說하고 있
었다 어두워야 보이는 밝음의 공空을 뭉글뭉글 피워 올

렸다.

몰골

1.

뼈 없으면 날지, 뼈 있어도 날려면 속 빈 뼈라야 하지

2.

살짝 땅을 차고 오르는 나비를 보았니, 뒤로 그어지는 붓 그림자가 길이야, 뼈 없어 가벼운 길, 깜깜하게 밝은 길

3.

보는 것이 전부이지, 보이지 않는 것은 보이지 않아, 볼품없을 수가 없어

4.

볼품없는 것은 보이는 것 중에 있지, 이리저리 구부러지는 뼈 아닌 뼈, 낮게 구부리는 주름진 웃음, 날지도 못하는 욕심의 무게는 무겁지

5.

골몰하지 마

좌표

자리가 먼저일까, 표가 먼저일까

좌표는 처음의 설레는 자리표이며 진저리나는 마지막의 이탈표이지, 좌표는 남겨진 사연의 유적지, 앞뒤, 좌우, 사방팔방의 모든 방향이 여기로 집결하고 여기서 출발하지, 터미널 같은 여기에 탐험가는 까닭을 찾아 집착하지

좌표는 맨 처음 거리의 원점이었지, 곧
유빙처럼 유영하는 승부의 시작점이 되었어

좌표가 이륙하면 허공에 점을 찍지, 항로의 원생지였어

맞아,
호모 사피엔스는 눈을 감고 좌표를 찍었겠지, 사냥을 끝내고 돌아오기 위해서 아마 걸음 수를 헤아렸을 거

야, 허공에 나뭇잎을 하나씩 붙이면서 말이야, 거기 최초의 현생 여자가 있었어, 좌표가 마구 떨렸을 거야

차원이란 그런 거야

엄마를 처음 본 아빠는 단번에 점을 찍었다지, 엄마가 불쌍해, 찍힌 엄마의 좌표에서 고물고물 우리가 태어난 거야, 점이 분열하여 점이 생겨나고 점을 떠나 점이 성장했어, 낳은 점은 떠나고 태어난 점으로 돌아가는 앞길을 생이라고 해, 서로 다른 방향으로 행진하는 좌표들

비어서 체중을 가지지 못한 좌표를 머리에 이고 있어, 사람들이
대를 이어 당번을 서고 있어

눈먼 이슈가 실시간 검색어 1위로 뜨자 좌표를 찍어 달라고 난리가 났어

살충론 殺蟲論

나는 이제 작게 나누어 말한다*
벌레를 죽이는 문제

벌레가 앉았던 자리가 헐고 짓물러 나아가 암이 돋고
부풀어 꽃으로 피고 또 뿌리 벋어 번져 나가 전신이 암
꽃 천지가 되어 마침내 처음 자리한 한 생명이 무너져
내린다면 그렇게 또 다른 생명이 스러져 간다면
　벌레를 죽이는 일은 마땅할 터

죽임당한 벌레의 죽은 몸이 EMP 핵폭탄**처럼 아득
한 허공에서 흩어져 빛으로 바람으로 빗줄기로 지상을
오염시켜 살아 있는 숨결을 일시에 앗아간다면 그리하
여 수많은 생명이 일시에 무너져 내린다면
　벌레를 죽이는 일은 화를 자초하는 만행일 터

벌레는 죽일 수도 살릴 수도 없는 존재
버릴 수도 먹을 수도 없는 뜨거운 진퇴양난

살아 서 있는 자리는 그런 거지

살충은 살생

서 있는 자리는 그냥 서 있으면 되는 곳
내가 굳이 움직이지 않아도 나는 마침내 움직이게 되
는 법
모든 것은 사슬로 이어져 밀고 당기며 나아가는 법
죽일 것도 살릴 것도 없이 다만 함께 살아가면 되거늘
돌아보면 저
눈부신 화엄이어

* "나는 이제 작게 나누어 말한다. (아금설소분我今說小分)" 실차난타
역, 『대방광불화엄경大方廣佛華嚴經』(80권 본) 제34권 p. 181a.
** EMP(Electromagnetic Pulse, 전자기펄스): 핵폭발이 일어날 때 발생하
는 전자기 폭풍으로서 모든 통신장비, 컴퓨터, 자동차, 군사시설, 의
료, 소방 장비 등을 한순간에 멈추게 하여 마비시킴.

몽괘*

—2017. 11. 15. 경북 포항에 큰 타격을 입힌 진도 5.4 규모 지진의 원인은 지열발전소였음이 정부 조사단의 발표로 2019년 3월 20일 최종 확정되었다.

포항 지열발전사업은 2010년 국책사업으로 추진됐으며 지하 4km 이상으로 땅을 뚫어 물을 주입함으로써 단층을 자극해서 유발 지진을 일으켰다는 것이다.

산 아래 샘이 솟으니 마음 쓸 곳을 알지 못한다
물이 아래에 있고 산은 위에 있으니
산 아래서 흘러나오는 샘물은 고요하고 맑다
맑음은 더럽혀지기 쉬우니
물이 콸콸 흐르면 흙탕물이 되고 어지럽게 되어
땅이 흔들리고 산이 무너져 떠내려간다
뽕나무밭이 푸른 바다가 되는 것이 역易의 이치이니
일러서, 산 아래 어둠이 있어 앞이 험하다고 한다
건드리면 흉하고 그치면 길할 것이라
어둠을 품으면 이롭고 열면 해롭다
때를 기다려 삼가면 길하고 도적처럼 나아가면 흉하다
보이지 않으면 그쳐야 한다

곧으면 일이 이롭다

처음을 아이라 하니

내가 아이를 구하는 것이 아니라 아이가 나를 구한다

무지몽매는 재앙이 아니라 축복이니 바르게 하면 화
를 피한다

모르면 물어보라

머리를 숙여 처음 물어보면 알려 주고

두 번, 세 번 점치면 모독하는 것이니 알려 주지 않는다

산은 등이고 등 뒤는 보이지 않는다

보이지 않을 때는 고요하게 그쳐야 한다

불을 안고서 가르침을 주는

산 아래 샘, 샘 위의 산 같은 스승은 위대하다

* 주역 64괘 중 4번째 괘

오래된 창

　한 자락 하늘을 잘라다 허공에 내단 것이 시원이 되
었다, 허공은 통과하는 지점이면서 주막처럼 머무는 안
식이었다, 어머니의 어머니를 찾아가는 고갯마루 기우
는 달빛 풍경 아래

봄에 새 얼굴을 보았다
여름이 무럭무럭 열렸다
비가 왔다
가을이 갔다
눈이 내렸다
힘겨워 겨우, 밤 밀어낸 아침
새해가 문득 일어섰다

오래된 창을 배경으로 키 작은 새 창이 서 있었지만
사람의 마을에서 발견된 일기장에선
눈 깊은 우물물 위
낯선 균열이 보였고 가문 나무의 영혼들이 행군을 시

작했다

　창 위에 높이 뜬 마술사를 안다, 뭉게뭉게 굵은 목에
서 피어오르는 푸른 숨결을 본 적이 있다, 사람들의 시대
를 넘어서 전승된 시詩가 새로 열리는 새벽을 칭송했다

　―하나님이 궁창을 만드사 궁창 아래의 물과 궁창 위
의 물로 나뉘게 하시니*

　세상의 창은 오래된 창과 새 창으로 나뉘어 모두 풍
경 안에 있으니 의로운 사람에게만 보였더라

　　* 창세기 1장 7절

물의 마을

마을이 그림같이 열려 있습니다

달이 뜨면 하얀 자수 놓은 듯 물의 얼굴이 은근히 맑
아졌습니다

물을 닮은 마음이 흐르고 흘러 사람들은 내가 되고
강이 되었습니다 흐르다 솟구치다가 뒤집히기도 했지
만 마침내 부드러운 물결이 되고 먼 윤슬이 되었습니다

마을엔 풀이 나고 곡식이 여물고 나무가 자랐습니다

심심하다는 말이 정겨워 물가에 붙들려 사는 사람들
이 있었습니다 물결을 쓰다듬으며 나무처럼 뿌리를 내
리고 잎도 열매도 내다 거는 몸도 마음도 물이 된 사람
들입니다 그들을 물이라 하면 당신은 돌이 됩니다 그들
은 마를 줄을 모르는 만큼 스밀 줄을 압니다 스밀 줄을
알기에 흐름을 놓아줍니다

물의 마을은
마을이 마음이고 마음이 마을입니다

갈대밭이 있었고 먼 우수리강에서 날아온 손님들이
있었습니다 배고프고 메마른 세상의 생명들이 모여들
었습니다 서로서로 먹이를 나누며 먹이를 주었습니다

칠 년 가뭄에도 매일매일 쓸 날만 이어졌습니다

우주 안의 세상에 처음인 거기

그리로 가기가 목숨보다 중한 물의 마을을 하늘 아래
첫 동네라 불렀습니다 지극하고 그윽하여 상선上善이라
하였습니다

옷방

갇혔다, 산 채로

우리의 관계는 점점 깊고 어두워졌다

세상에 이렇게 많은 생각들이 존재했을까

색온도가 높아질수록 하느작거리고 비밀문서는 없
었다

코스프레의 도구들이 흡수되는 슬픔의 무게는 잠시,
방이 복잡해질수록 외로워지는 본능

밀려난 것은 어느새 잊히고 아래위만이 중요해질 것
이다

갇힌 순서로 풀려나는 것은 아니라는 점에서 감옥과
같아 소등은 수면을 강요하는 신호

신참이 들어와 자리를 잡으면
선참은 먼지처럼 묵직한 아래로 가라앉았다

검색어 1순위가 순식간에 뒤바뀌듯
세상에서 지워지는 것은
눈 한 번 깜박거림에 있었다

끝내는 모두가 버려지는 우리의 결속은 반드시 삭으
면서 점점 강해졌다

기쁨은 추락하고 마침내 황홀은 우리의 것이 아니라
입고 나가는 그들만의 익숙한 의전이며 유혹이었다

지문을 지우는 안개가 구석으로 밀려날 시간이다

한때 피부였던 모피의 행적이 사라진다

모래 폭풍

—관념을 모래라 하고 사유의 충일을 폭풍이라 한다

밤은 새지 않았다 어둠이 어둡지 않았지만 밤이 밤
이 아닌 것은 아니었다 눈을 뜨기엔 바람이 너무 셌다
바람 속의 굵은 모래가 빈 곳을 모두 메웠다 베란다에
는 일곱 개의 화분이 놓여 있었고 화분마다 다른 꽃이
피고 졌다 오래 독서를 하지 못했다 신성神性의 전지全
知는 사라진 씨앗의 발화, 책방의 습도가 어디론가 떠
나가 버렸다 무릎이 아픈 의자가 가끔 삐걱거렸고 땅이
흔들리는 소식을 방바닥이 가지고 왔다 떨어진 밥사발
은 빈 무덤처럼 엎드렸다 얼굴을 가린 머리덮개의 외피
가 찢어지면서 내피의 긴장이 한계치까지 팽팽해졌다
찢어진 어둠이 바람처럼 달려오고 있었다 긴 밤새우는
계단 아래 사람들은 아침이 올 때까지 살아 있을까 밀
고 당기던 비핵화의 길, 정전 선언이 곧 나올 것이라고
했다

블록체인

우체국은 한 블록 지나서 문 열고 있지만
사랑을 찾아 떠나간 엽서라고 불리는
다른 도시 사람의 긴 손가락과 이어져 있지

하루를 걸어온 신발이 하루만큼 담기는 신발장은 현
관에 붙들려 있어요

신발장과 신발장이 도시와 도시로 이어지면 역사가
됩니다
누구도 지울 수 없는 금석문, 금으로 바꾸지 않아도
오래오래 남아서 나비처럼 날까요 현란한 비늘 가루 날
리면서

블록 담장 어깨에 뚫린 구멍마다 누가 와서 꽃씨를
심었어요
채송화 석죽화가 고물고물 자랐대요
꽃잔디는 팔을 벋어 꽃분홍 얼굴을 늘어뜨리고 온 담

장에
　소복소복 고운 꽃이 한꺼번에 피었어요
　길게 이어진 내 안에

　밤을 새워 비트코인을 채굴한 손이 있어 아나키스트
는 잠이 부족해

　모든 도시에서 사람들은 복권을 사고 모든 도시에서
낙방합니다 당첨된 번호는 보드에 남는데 낙방은 휴지
통으로 보내져 금세 잊혀져요 사행에 목매단 사람들은
토요일마다 사랑의 유효 기간이 마감된대요

　마감 뉴스가 잠들면 어제의 하품을 외면한 아침 뉴스
가 일어나요

　어디서건 일어나는 조작이 모두의 눈앞에선 나설 수
가 없어 잠시 공정하지

나는
작고 가볍고 투명한 창고일까요, 경계 위에서
　철새를 따라 이동하는 고병원성 조류 인플루엔자처
럼 정착하지도 못합니다

IV

순록의 태풍*

마을을 둘러싸고 사내들이 횃불을 밝혔다, 노간주나
무 훼에서 불붙은 송진이 방울방울 떨어져 내리고 시커
먼 그을음이 뿔처럼 훌쩍훌쩍 솟아났다, 이마에 동여맨
무명 수건이 얼어붙은 백천의 얼음처럼 어둠 속에서 하
얗게 반짝였다

순록이 뿔을 치켜들고 달린다, 맞바람을 찢으며 시계
방향으로 달린다, 앞에도 달리고 뒤에도 달리고 오른쪽
도 달리고 왼쪽도 달리면 소용돌이가 된다

부딪치는 바람이 튕겨져 나가고
포식자의 송곳니가 부러져 나가고
태풍의 눈 속에는
고요하고 따뜻한 여자와 아이들이 살고 있다

지구의 자전 방향에 맞서 태풍을 물리려 태풍이 되어
야 했던 우리의 아버지들

마을을 둘러싸고 원형으로 질주하는 사내들, 사내들을 거느리고 질주하는 고을들, 고을들을 둘러싸고 질주하는 산들, 산들을 거느리고 질주하는 산맥들, 사이사이에서 태풍이 생기고 태풍이 소멸한다, 평화와 안온이 거주하는 가운데서 비롯하는 그치지 않는 소용돌이의 연속

* 위험에 처하게 되면 암컷과 새끼들을 가운데로 모으고 이를 둘러싼 수컷 순록들이 시계 방향으로 원을 그리며 달리는데 최고 시속 80km에 이른다. 이같이 적을 막아내는 질주의 소용돌이를 '순록의 태풍'이라고 부른다.

거리 두기

　　　　　　—사과를 한입 베어 물고 남은 사과를 던지면 이빨
　　　　자국 선명한 상처가 포물선을 타고 날아가는 거리만
　　　　큼 우리 떨어져 있어요, 사과가 다시 태어나는 동안

꿈일 거야 이건 아마

한 걸음도 다가갈 수 없는 한 발자국도 뗄 수 없는 이
거리는 꿈일 거야

우리 너무 가까웠나요
안타까움도 모른 채
너무 어우러져 나부댔나요
구분되지 않는 혼탁이었나 봐요

거기 서!
더는 다가오지 마!

우리는 서로를 향해 키보다 큰 금기의 깃발을 흔들었

다 너를 들이지 않기 위하여

　어미 품을 벗어나면 죽을지도 모르는 아기가 불쌍
해요
　떨어져서 어떻게 살아요

　그래서
　거리라고 쓰고 회복이라고 읽는다고
　저만치라고 쓰고 이만치라고 읽는다고

　꿈일 거야 아마 이곳은

코로나 블루

그들은 이제 인력引力에 대해 말하지 않는다
얼굴 아래를 하얀 천으로 가린 부호가 걸어온다
자꾸 근육이 줄어드는 그들, 똑같은
반쪽의 부호가 멀리 반쪽의 부호를 피해서 간다
묻어오거나 묻어가는 것에 손사래 치며
손잡던 습관을 내다 버린 채
공포가 공포를 밀어낸다
불신은 이제, 문장이 되지 않는다
해체된 부호들은 어떻게 사랑하는지
시의 집을 어떻게 건설할지
절규는 은폐의 방 안에서 홀로 잠기고
손이라고 쓴 부호는 손으로 지워진다
답답하면 꽃잎도 시들어 몸을 눕힌다
흩어진 부호가 야위어 가며
불안은 자꾸 자라고 키는 거꾸로 줄어드는데
척력斥力의 플랫폼
가상공간에서 부호와 부호가 회의를 한다

나뭇가지 같은 몰골로
투명 칸막이 너머에서
부호가 송신하고 부호가 수신한다
파랗게 질린 얼굴이 깜깜하게 어두워지면서
만나자거나 밥 먹자는 부호는 어디에도 없다
섬망이
희미한 불면 안으로 들어서는
로우 앵글, 비대면의 대면이 창백하다

어쩌다가

키 낮은 나무와 몇 포기의 난이 이웃하여 사는 아파
트 22층 베란다에 귀뚜리 운다 찌륵찌륵 목소리가 쉬었
다 눈에 띄지 않는 어느 구석에서 홀로 운다 쉬엄쉬엄
힘없이 울다 말다 하는 그는 어쩌다가 이 높은 허공까
지 올라왔을까 거리를 벌리며 기어오른 고공 탈출은 혈
혈단신 푸른 풀밭이 있는 창밖 하늘 높이 철새가 날아
간다 줄지어 간격을 유지하며

어쩌다가 나는
두 개의 창문을 가져서
저 슬픔을 들어야 하는가

밀어낸 거리만큼 죽어가며
우는 저 소리를
어쩌다가 나는 눈 뜨고 보아야 하는가

도대체

어쩌다가
우리는 모두
저 홀로 갇힌 것인가

환기換氣

열리지 않는 통유리 집은 어둠의 성, 붕대로 얼굴을
감싼 미라가 산대요

마를 대로 마른 미라는 수분이 없고 미라는 숨 쉬지
않고 미라는 답답하지 않아서 답답하고

집 속에 고여 있는 당신은 마른 웅덩이가 되어 가요

생명도 아니면서 살아 있는 생명 속에 기생하면서 살
아 있는 생명을 죽이는 일은 가장 현실적인 저주

고열인 당신, 창문을 조금 열어 보세요

흐르지 않는 바람을 풀어 주세요

흘러야 산다잖아요

숨 막혀 죽거나 저주로 죽거나
가정법이 아니라 현실적인 선택지에 사람들은 붙들
려 있어요

슬그머니 바람이 통하도록
마음을 조금만 열어 두어요
영혼이 썩도록 버려둘 순 없잖아요

흐르는 것은 살아나서

질식하지 않는대요 통해서 넘어가고 돌아오는
가슴의 문을 열면 마음이 흘러 싱싱해진대요

우리 함께 쾌청할까요

옆집의 옆집

옆으로 팔을 벋으면 옆집, 옆집의 옆집이 손에 잡히고
옆집에서 팔을 꺾어 안으로 들이면 옆집의 옆집 가슴
에 옆집이 든다

반절半折은 당신 반 나 반, 처음부터 하나였던

때로 소리는 빛깔보다 더 환상적이지 너머의 너머에
서 들려오는 노랫소리가 가물가물 자장가로 생겨났지
흥얼흥얼 안아 주면 잠이 드는 당신

옆집에는 목청 큰 사람이 살고 옆집의 옆집에는 목청
작은 사람이 살아요

바람이 와서 찢는 문풍지 소리에 싹트는 소리가 속
삭이면서 부서져요 자극은 문득 오는 손님 쿵쿵 울리는
발걸음 소리는 크게 들려서 고음이고 옆집의 옆집 소리
는 작게 들려서 저음이라나 소음은 곧 음악

사랑은 요란하기도 하고 침묵이기도 하여서 분별은
소리가 아닌 풍경으로 보이지

나비가 자욱이 날아오를 때 가물가물 찾아오는 잠 제
발 꿈꾸지 않고 잠잘 수 있기를 기도하며 나는 잠들고
옆집은 옆집대로 옆에서 잠들 때 멀리 있는 또 다른 옆
집도 함께 잠들 수 있을까요

미안해요 옆집

소환

내가 너를 불안이라고 부르면
한 생을
너는 내 안에 들어와 불안으로 거주했다

벽지의 굵고 큰 꽃무늬를 따라 우리는 이사를 다녔고
아이를 키웠다 어떤 것은 아무리 불러도 끝내 오지 않
으리란 생각을 신앙은 처음부터 허용하지 않았다

노래를 부르면 세상은 노래가 되어 꽃처럼 필 것이라
했다

자유와 평화와 정의가 지연처럼 여린 연줄에 묶인 채
공중에서 펄럭였다

고향을 떠난 사람들이
내일로 가는 길에 나와 보이지 않는 어제를 기도했다

날마다 하루가 왔고 하루가 지나갔다 내가 부르지 않
아도 누군가가 어디선가 불렀다 소환된 것은 부러진 이
빨처럼 떨어진 문패처럼 몽상으로 다가와 뿌리를 내렸다

부르지 않아도 이미 와 있을
강가의 일몰, 나뭇잎 풀벌레의 말들 사이로
절박했던 처방전 속의 어느 날이 알약처럼 흘러내
렸다

수많은 소환 앞에서 우리는 모두 단 하나의 부름이
되고 싶었다

하나밖에 없는 그림 같은 음악이기를 바랐다

수심愁心

　　바람이 와서 가을 강을 밟고 지나갔습니다 물고기들이 수런거립니다 키 큰 나무에서 저음이 쏟아집니다 건반 아래 물은 깊겠지요 피아노가 있는 창밖의 어둠은 아늑합니다 당신은 한 번씩 음계 밖으로 나가 정원의 어둠이 되므로 나는 당신을 떠나지 못합니다 11월을 붙들고 있으면 아직 가을입니다 무섭겠지요 가을을 놓친 사람들이 검은 옷을 입고 겨울로 들어갑니다 막히고 답답한 것은 뚫어야 합니다 음악처럼 바람이 와서 허공을 뚫고 나뭇가지를 부러뜨렸습니다 부러진 가지는 되돌아오는 길의 표지입니다 악보를 잃고 다른 길로 가버린 사람은 너무 늦게 올지도 모릅니다 마음에 자리 잡은 수심은 뿌리가 깊어 뽑을 수가 없습니다 만추의 낙엽은 길목입니다 안개가 내리면 마을이 사라집니다 젖은 마음은 가끔 수런수런 저음이겠지요

갈등

어깨동무를 한 칡과 등나무가 위로 위로 오릅니다 당신은 시계 방향으로 내 어깨를 감고 나는 반시계 방향으로 당신의 목을 감습니다 우리의 손길은 참 연하고 부드러운데 어제의 어깨는 뻣뻣하고 그저께의 팔다리는 딱딱합니다 굳은 당신의 다리와 딱딱해진 내 다리는 감고 감겨서 풀 수가 없습니다 숨 막히게 마주 낀 우리의 깍지는 경쟁일까요 속박일까요 어깨를 끼면 꼭 동무인가요 덩굴손과 덩굴손으로 우리는 서로서로 묶었지만 우리의 결박은 이제 우리의 힘으로 풀리지 않습니다 키를 다투는 우리의 머리카락은 언제까지 얼마나 더 감겨야 할까요

몸을 칭칭 감은 채 꿈틀거리는 두 마리의 뱀이 바람을 일으키며 사생결단을 하고 있습니다 상강이 오면 끝나겠지요

갇힌 시간

천 년 전 순장이라 했다

그들은 그들의 지금을 묻었고
우리는 우리의 지금을 열었다

부드러운 붓으로 조금씩 다가갔다

왼손 다섯 손가락에 다섯 개의 가락지를 낀
그들도 우리도 아닌 어느 아침이 쏟아져 나왔다

금동 신발 발치에 멈춘 꽃 향이 무릎을 꿇고 있었다

키 큰 여인의 발톱을 깎아주는 손끝으로

공손하게

한 줄기 바람이 일었고 사과나무가 흔들렸다

내단 양쪽의 장식이 함께 출렁였다

고운 입술이 있던 자리에
어둠을 벗은
집의 주인은 치자 물빛으로 누워 침묵했다

풀벌레 소리가 나는 천 년이 고요했다

천상 미소
―백제 금동관음보살입상

가장 고운 지점에서 멈춘 미소는 천 년을 간다
가다가 마침내 승천하여 은은한 꽃으로 핀다
천상은 미소불微笑佛의 거처

거기쯤에서 머물던 누이의 은근한 미소를 조소한 사
람은 깨어서도 자는 듯한 생각을 가졌을 것이다, 미루
어 모든 것을 보는 이는 눈앞으로 보이는 것마다 그윽
이 대견했을 것이다, 묻혀서도 나와서도 입가에 머금는
미소

천 년을 지나온 미소는 길목마다 미소 지었으므로 천
개의 미소이면서
한 곳만 바라보았으므로 한 개의 미소이다
푸른 서리인 듯 녹이 돋은 눈두덩의 자애가 넉넉하고
두텁다
내리뜬 시선이 내는 부처의 길
흙 속에서도 뜨고 있었을 눈길이 사뭇 어질고 다감

하다

　길을 아래로 두어 낮은 곳을 향하는 자는 하늘을 받
드는 자, 때를 기다리는 것이 아니라 무수한 때를 보아
뉘어진 자세로 뚜껑 덮인 무쇠솥에 들어가 천 년을 난
백제 금동관음보살입상 한 쌍, 천 년의 반려자 잃어버
린 반쪽인 그대 미소를 찾으러 가노니

　비튼 허리에서 발원하여 피어오르는

　어진 미소는 쇠에 올라 쇠가 되고 하늘이 되어 천 년
을 난다

게르*

울란바토르의 아침은 흐렸다

하늘 아래 몽골고원을 오른다

나무가 없는 바위 산지의 구름은 손끝까지 내려와
있다

만져질 듯

바람은 초원 끝에서 오고 풀들은 가지런한 방향으로
드러눕는다

떠나온 곳으로 돌아가기 위해선 여기쯤에서 계절을
건너뛰는 위장이 필요하다

하얀 펠트로 둥근 벽을 세우고 지붕을 얹었다, 밤이
오고

게르는 우주, 하늘이 들고 나는

천창에 별똥별이 떨어지는 날은 아기가 지상으로
온다

느릅나무 단단한 뼈대로 만든 천창 아래 어느 날

책상을 놓고 유리판을 깔면 햇빛은 시간의 얼굴을 쓰
다듬으며 기울곤 했다

양털 천으로 감싼 벽은 하나다

하나의 머리는 지붕, 하나의 눈은 창, 하나의 다리는 지면에 닿아 있는데

구릉 앞 산등성이 옆의 겨울 집에는 하나 위에 두 겹의 펠트가 둘러져 있었다

살을 찢는 거센 북서풍이 몰려와 원형의 벽에 부딪쳐 자진한다

게르 안 북서쪽 자리에 불단을 모셨다

화로를 지키는 일은 가문을 지키는 일

집을 지키는 일은 동남쪽으로 난 문을 지키는 일

무너진 바람이 문을 두드리고 있었다

흔들고 흔들리는 틈새에 권력이 있다

달이 너무 밝아 얼어붙은 별들은 어디론가 사라져 버렸다

닭이 울지 않는 새벽이 오는데

낙타 젖으로 만든 술을 마시며 고비사막을 건너온 사람의 얼굴을 떠올린다

긴 가뭄의 끝에 내일은 비가 올지도 모른다

* 게르ger: 몽골인들의 이동식 천막집

적묵積墨

희미하게 머리가 비어 빈 생각을 멀리 밀어 침묵으로
앉힌다

한때 목침처럼 좌정했던 적막이 더 깊은 어둠으로 밀
려나 검정으로 물드는 자리에 문득 분분한 사념이 일어
나 잿빛 분진으로 날아오르면 눈 익은 다락문이 덜컹거
리고 십육방위는 어디론가 가물가물 떠나간다

마음 어둡고 진한 자시 넘어 카랑카랑한 고조부의 헛
기침 소리가 삽짝을 열고 나가 대밭으로 잦아들 즈음
마을 앞 못둑을 날아오르는 검은물잠자리 꿈결로 자욱
하다

접은 날개에 묻어 있는 가장 진한 고요가 세상 첩첩
먹빛인데 덧칠은 숨기면서 드러내는 폭로, 적막한 묵을
쌓는 이치가 깃든 세상살이 아득히 중후하다

플롬* 산악 열차

산은 바다에서 시작하고
열차는 해발 2미터 플롬에서 출발한다
바다와 호수는 떠나온 고향이 같다
아이가 띄워 올린 초록 풍선 같은
뮈르달행 플롬스바나는 구름을 밟으며 정상으로 간다
차창을 밀고 들어오는 자작나무 숲
산도 가릴 곳이 있어 치맛자락처럼 운무를 여민다
단선 궤도에 매달린 숨찬 열차가
설렁거리는 지느러미로 헤엄치는 낭떠러지 아래 개
울을 끼고
휘영청 골짜기를 돌아 오르는 내내 안내방송을 한다
모니터에는 태극기 문양 아래로 한글 자막이 흐른다
차창 거울의 눈부신 태양은 사치
터널을 빠져나온 풍경의 젖은 모습이 대발처럼 안락
하다
쿄스폭포에는 쏟아지는 하늘 아래 빨간색 긴 치마의
요정이 춤을 춘다

바이킹의 아내가 되었을 것이다

송네 피오르로 가는 구드방겐행 유람선이 먼 아래서
는 미끄러지고 있을 것이다

빙하가 녹은 물이 모여든 만灣

협곡 깊이 들어와 출렁이는 바닷물은 어디서부터 바
다이던가

돌아오지 않기 위하여 가는 아름다운 길

여기 산마루 기찻길에는 슬픔이 없다

바람은 구름의 품에서 잠들었다

봄에 출발한 열차가 한 시간 만에 도착한 겨울 설원,
해발 고도 867미터

뮈르달에는 사람이 살지 않는다

은발의 영혼이 눈부신 만년설로 앉아 있는

하늘 아래 천 길 하늘 정원

산을 오르는 자는 흘러내리지 않는다, 다만 품고 안
길 뿐

한 음절 이상의 말소리를 발설하지 않는다

오로라는 오지 않아도 백야의 산, 위의 산, 먼 산을
본다

＊노르웨이의 바닷가 산악 마을로서 베르겐선의 종착역이며 상주
인구 350명의 관광지이다.

액정 호수

호수는 들고 다니며 들여다보는 하늘, 하늘을 서랍이라고 하면 칸칸이 채워진 생각들이 자꾸 열리려고 하는 것 같아 몸 가려운 것들이 갇혀 있는지 마음 설레는 것들이 반역하고 있는지 서랍의 손잡이는 안으로 파여져 오목했어

지문 인식 센서에 소금쟁이를 띄울까 두 다리를 벌리고 가볍게 일어서기 위하여 호수 바닥에 깃대를 세우고 팔랑팔랑 빨강 손수건을 흔들 것이므로 수면 위로 정오가 지나가고 있어 그림자가 짤막해졌거든 성당의 종소리가 들려오는데 터치와 드래그는 꿈꾸는 소금쟁이의 현학적 보법이야

카톡 카톡 새들이 경쾌하게 지저귀고 있어 물방울을 툭툭 털며 수면 아래의 새들은 한낮에 날아오르지 새가 되기 전의 물고기들은 꼬리를 흔들며 물속을 선회하고 있지

나는 엄마가 궁금했어 갤러리 속은 답답할 텐데 칩
거가 너무 길지 않았겠어 수태하지 못한 엄마는 자유가
필요해 그러나 나는 아직 삭제하지 못하지 포렌식 식물
학은 흙이 된 뿌리를 되살리거든 차라리 유심칩을 꺼내
서 다비해 버려

선험적 액정은 허공의 형식이었을 텐데 역사의 정리
는 피타고라스의 정리와 어디서 만나게 될까 호수가 거
울로 쓰인 것은 어느 시대부터인지 나는 어젯밤의 수면
이 궁금해지지 효율은 몇 %나 될까 구겨진 몸이 펴지질
않으므로 불면을 포샵하면 비틀린 백야가 될 거야

긴 꿈에 나를 담아둔 호수는 여전히 깜깜하고 백야가
밤을 새는 거기

지하철을 오르내리는 사람들이 호수를 폈다 접었다

하지
　　신의 수법이랄까
　　혁신의 아이콘이 따라다니는 폴더블폰

시 속에 녹아든 철학의 뼈

—김주완(시인, 철학박사)

시 속에 녹아든 철학의 뼈

김주완(시인, 철학박사)

*다섯 개의 길잡이 말

시인 김인숙은 철학자가 아니다. 그러나 그의 시는 철학적이다. 우리는 여기서 "철학은 철학자의 전유물이 아니다"라는 명제의 타당성을 확인한다. 직관과 통찰과 시적 자유로 무장된 시인의 상상력은 철학적 상상력을 가히 초월한다. 시가 철학은 아니지만, 그럼에도 불구하고 시는 철학을 포섭한다.

시는 집에 집을 들이는 일이다. 읽는 자는 그가 가진 읽기의 집에 쓴 자의 쓰기의 집을 들인다. 시를 쓰는 자는 그가 가진 쓰기의 집에 사물이나 사태의 집을 들인다. 집을 들이는 일은 집을 짓는 일과 다르지 않다. 요컨대 시를 짓는 일이나 집을 짓는 일이 매한가지라는 말이다. 집 속의 집은 이 집도 저 집도 아닌 제3의 집이다. 바로 거기서 이해나 해석은 물론, 창작의 독립성이 성립한다. 김인숙의 시에 대한 나의 독해는 궁극적으로 내 방식의 독해가 될 수밖에 없지만 그것을 글로 쓴 해설은 김인숙의 것도 아니고 나의 것도 아니라 바로 독자의 것이다. 집이 집으로 이어지는 집의 연쇄가 읽고 쓰고 읽기인 것이다.

이 시집에 실린 김인숙의 시를 읽는 나의 방식은 다음과 같은 다섯 개의 길잡이 말의 안내를 받는다.

1) 팔꿈치가 스쳤을까, 손등이 스쳤을까
2) 오전은 숲길, 의자는 몽상가
3) 꽃 피는 라인을 읽으며 꽃 지는 부호를 발음한다
4) 갈비뼈를 깎아 만든 소리
5) 내게로 오지 않아도 가득 차게 되는 것이 아름다움입니다

이는 1936년 4월 2일, 로마에서 하이데거Martin Heidegger가 행한 강연, 〈횔더린과 시의 본질〉에서 다섯 개의 길잡이 말을 내세운 것과 동일한 방식이며, 칸트 Immanuel Kant가 그의 『순수이성비판』에서 인식의 출발

점으로서 내세운 순수오성개념(12범주)과 유사한 형식의 전개라 할 수 있다.

김인숙의 시집 『눈부신 창문』은 시적 상상력과 철학적 사유가 정교하게 교직交織되어 있다. 이 시집은 삶과 우주, 존재와 관계, 시간과 공간, 사랑과 초월을 넘나드는 깊은 사유의 길을 개척한다. 시인은 익숙한 일상적 이미지와 우주 탐사선 '솔라 오비터' 같은 과학적 이미지가 어우러진 독특한 조형미를 통해 우리 존재가 처한 다층적 현실을 포착한다.

이 해설은, 시인 김인숙의 시적 사유의 핵심과 시적 의미를 중심으로 하여, 시 속에 녹아든 철학의 뼈를 발라내는 것을 목적으로 한다.

1. 팔꿈치가 스쳤을까, 손등이 스쳤을까 ─존재의 연결과 사랑의 흐름

시 「스쳐가다」는, 인간 존재의 관계성과 일시성, 그리고 우주적 연대성을 시적으로 묘사한 작품이다. 특히 '스침'이라는 행위를 통해 존재들이 서로 맞닿고 영향을 주고받는 과정을 탐구한다.

솔라 오비터가 금성을 스쳐갔다

팔꿈치가 스쳤을까, 손등이 스쳤을까
아니야
미소만 스쳐갔을 거야

우주 같은 호수,
스치면서 부력을 얻고 스치면서 부력을 얻어 무중력의 수면으로
물수제비 떠간다

먼 길 혼자 힘으로는 가지 못하지

사람이 사람을 스치면서 용기를 얻고 얻은 용기로 다음 사람을 스
쳐 또 다음 사람으로 건너가는 거야

그런데, 얼마나 건너야 끝에 닿을까

담방담방 태양계를 떠서 가는 솔라 오비터

나도 모르게 나의 마그마 근처를 스쳐간 사람, 생의 어느 길목을
어느 시간대로 건너가고 있는지

체온을 남기고 새는

출렁이는

가지의 힘을 얻어 가지를 떠나는데

—「스쳐가다」 전문

「스쳐가다」라는 시의 제목은 순간적 접촉, 지나침, 그리고 그로 인한 영향과 변화를 함축한다. 시인은 유럽우주국ESA과 미국항공우주국NASA이 공동 개발한 태양탐사선 '솔라 오비터'가 금성을 스쳐 지나가 궤도를 수정하는 과학적 사실을 출발점으로 삼는다. 이러한 시적 이미지에는 우주적 규모의 '스침'이 개별적 인간 존재와 맞닿는 지점이 있음을 암시한다. '스쳐가다'는 '닿는 듯, 닿지 않는 듯 지나간다'는 말이다. 불교적 세계관에서는 '옷깃만 스쳐도 인연'이라고 한다. 삼라만상이 서로를 스쳐간다. 시간 위의 모든 존재가 스쳐간다. 시간은 변화와 운동의 근원적 차원이기 때문이다. 원자가 원자를 스쳐가고, 입자가 입자를 스쳐가며 바람이 바람을 스쳐간다. 이념이 이념을 스쳐가고 마음이 마음을 스쳐간다. 그것은 짧은 마주침이면서 동시에, 원래부터 있었던 영원한 마주침이다. 우연성과 필연성의 변증법적

지양이 그것이다. 우주의 원리가 그러하다. 시인은 이 것을 말하고 있는 것이다. '솔라 오비터'라는 구체적 이미지를 시에 배치함으로써, '스침'은 단순한 물리적 접촉을 넘어 거대한 우주 속 존재들의 미묘한 상호작용과 연결된다. 이는 한편으로 레비나스Emmanuel Levinas의 '타자의 얼굴'과의 만남, 즉 타자와의 윤리적 관계성을 상기시킨다. 레비나스는 타자와의 접촉에서 '스침'과 같은 미세한 만남이 존재의 의미를 형성한다고 보지 않았던가.

"팔꿈치가 스쳤을까, 손등이 스쳤을까 / 아니야 / 미소만 스쳐갔을 거야"라는 이 부분은 물리적 접촉이 아닌 '미소'라는 비가시적이면서도 강력한 정서적 연결을 시사한다. 여기서 '스침'은 단순한 우연이 아니라 존재들이 서로에게 용기를 주고받는 의미 있는 교차점으로 확장된다. 시인은 '스치면서 부력을 얻고 무중력의 수면으로 물수제비를 뜬다'는 비유로, 인간관계의 힘과 그것이 삶에 미치는 영향력을 우주적 운동으로 재해석한다. 시에서 '팔꿈치', '손등', '미소'로 표현되는 '스침'은 물리적 접촉을 넘어 감정과 정신의 미묘한 전달을 의미한다. 이는 하이데거의 '세계 내 존재Dasein in der Welt' 개념과 맞닿는다. 인간 존재는 세계 속에서 타인과 끊임없이 관계

맺으며, 그 '스침'을 통해 자기 존재를 자각한다.

"스치면서 부력을 얻고 스치면서 부력을 얻어 무중력의 수면으로 물수제비 떠간다"는 구절의 '부력'과 '무중력의 수면' 이미지는 존재가 관계 속에서 받는 영향을 상징한다. 이는 들뢰즈Gilles Deleuze의 '관계론적 존재론'과 연결되어, 개별 존재는 독립적 실체가 아니라 관계망 속에서 형성되는 유동적 존재임을 시사한다.

더 나아가 "사람이 사람을 스치면서 용기를 얻고 얻은 용기로 다음 사람을 스쳐 또 다음 사람으로 건너가는 거야"라는 구절은 한 개인의 경험과 감정이 타인과 공유되고 전파되는 과정을 시적으로 그려낸다. 그것은 곧 인간관계의 연쇄성과 상호 의존성을 강조하는 것이기도 하다. 이는 현대 사회의 고립과 단절을 넘어, 인간 사이의 연대와 상호작용을 새로운 시각으로 조명한 것이다. 존재는 고립된 실체가 아니라 관계망 속에서 부력을 얻으며 흐르는 존재임을 말한다.

이 시는 또한 '얼마나 건너야 끝에 닿을까'라는 물음을 던짐으로써 존재의 무한성과 여정의 불확실성을 드러낸다. 삶은 끊임없는 스침과 이어짐, 용기와 전이가 반복되는 여정이며, 이 과정에서 우리는 '나'와 '너', 그리고 '우주'와 연결된다. 이러한 사유는 시인이 전통적인 인간 중심 서사를 넘어 우주적 스케일에서 존재론을 확장하고 있음을 보여준다.

또한, 시는 '체온을 남기고 새는', '가지의 힘을 얻어 가지를 떠나는데'라는 자연적 이미지로 마무리되며, 존재의 흔적과 생명의 연속성을 표현한다. 이는 동양철학의 '기氣' 사상과 통하는 측면이 있다. 기는 우주 만물의 생명 에너지로, 흐름과 순환을 통해 존재가 유지되고 변한다는 개념이다.

요약하자면, 시「스쳐가다」는 미시적 접촉에서 시작해 우주적 차원까지 확장되는 존재론적 성찰이다. '스침'은 단절이 아닌 연결이며, 각 존재가 타자와 만나며 자기 존재를 확장해 나가는 과정이다. 인간과 우주, 미시와 거시가 어우러진 이 시는 관계성과 일시성, 그리고 존재의 유한성과 무한성을 포괄하는 철학적 사유를 담고 있다. 그러면서도 시의 중반부에 "나도 모르게 나의 마그마 근처를 스쳐간 사람, 생의 어느 길목을 어느 시간대로 건너가고 있는지"라는 진술을 슬쩍 비춤으로써 시인은 지나간 어느 사랑을 초월적 입장에서 아련히 바라보는 견자見者의 서정도 곁들인다.

스침은 나아가 숲길과 몽상가의 스침으로 이어진다.

2. 오전은 숲길, 의자는 몽상가 —시간, 성장, 그리고 모순적 존재

시 「오전은 숲길, 의자는 몽상가」는, '오전', '숲길', '의자', 그리고 '몽상가'라는 시적 이미지들을 통해 시간, 존재, 사유의 관계를 섬세하게 탐구한다. 특히 '오전'이라는 시간대는 '깨어남'과 '가능성'의 순간으로서, 존재가 잠에서 깨어 현실과 만나기 전의 미묘한 경계 상태를 상징한다. 그러니까 '오전'이라는 시간 개념을 통해 사유하고 성장하는 존재의 모순성과 시간적 중첩을 탐구하는 것이다.

어둠을 건너와 반쯤 검은 물이 든 오전이 의자 위에 앉아 있어 반백 반 흑이네 키가 작은 아이에게 정오까지 기다려 보라고 할까 성장 호르몬은 깊은 밤 잠잘 때만 나온다는데

오전은 숲길, 의자는 몽상가

사색은 허물어질 거야

당신은 의자를 잡고 서서 운동을 하고 나는 의자 위에 서서 정리

를 해요 싱크대 수납장의 성장판이 닫혔어요 우리는 각자의 의자를
들고 숲길로 갈까요

정오의 숲길은 의자 안에 있을까요 밖에 있을까요

아이가 프라하에서 셀카를 찍어 보냈어 도로변의 아파트가 성곽
같네 성안에서 일어나는 일은 아무도 모르지 밀크 브라운의 밝은 머
리 색깔은 국내에서 뽑은 거야 근데 눈썹만 유독 검은색이네

석양이 내린 황금 골목길에서 카프카를 만나 봐

더운 날의 변신은 힘들어

키는 반드시 자라야 하는 것이 아니지

뾰족지붕 아래 릴케의 색 바랜 의자를 치워 버릴까

─「오전은 숲길, 의자는 몽상가」 전문

"어둠을 건너와 반쯤 검은 물이 든 오전이 의자 위에
앉아 있다"는 시적 이미지는 오전이라는 시간이 빛과

어둠, 성장과 멈춤, 현재와 미래가 혼재된 상태임을 암시한다. 성장 호르몬이 밤에만 분비된다는 생물학적 사실은 시간의 층위를 드러내며, 어둠에서 밝음으로 나가는 정신의 성장 가능성을 상징한다. '반 백 반 흑'이라는 표현은 단순히 색채의 대비를 넘어서 시간과 존재의 불확실한 상태, 즉 '미완성의 완성'을 뜻한다. 또한, 백과 흑이라는 색채 대비를 통해 '빛과 어둠', '알려짐과 미지' 사이의 긴장감을 현시한다. 이는 동양철학의 음양陰陽 사상과도 맞닿아 있어, 존재의 이중성, 즉 상반되면서도 보완적인 힘들의 조화를 시적으로 그려낸 것이라 할 수 있다.

철학적으로 '숲길'은 자연과 인간 존재가 만나는 공간이며, 헤세Hermann Hesse의 『데미안』에서처럼 내면의 자아 탐색과 성찰의 길로 해석될 수 있다. 숲길을 걷는다는 것은 곧 존재의 깊은 층위로 들어가는 여정이며, 이는 하이데거가 말한 '오솔길holzwege'을 연상시킨다. 하이데거는 인간 존재Dasein를 '세계 속에 내던져진 존재'로 보고, 이 존재가 세상과 관계 맺는 방식을 '길'과 '걷기'로 비유한다. 또한 이 부분에서 시인은 '의자'와 '몽상가'를 등치시킨다. 의자의 정지성과 몽상의 운동성을 융합시켜 인간 존재가 가지는 사유의 무의식성을 드러

내면서 오전을 인간 존재가 세상과 관계 맺기를 시작하
는 공간으로 규정하고 있다.

특히 "당신은 의자를 잡고 서서 운동을 하고 나는 의
자 위에 서서 정리를 해요"라는 구절은 서로 다른 존재
의 입장과 시간 경험을 대조적으로 보여주면서, 시간의
상대성, 개인적 성장과 정체 사이의 긴장을 표현한다.
'성장판이 닫혔다'는 말은 물리적 성장뿐 아니라 심리
적·정신적 변화의 끝자락을 상징하기도 한다.

이어지는 "정오의 숲길은 의자 안에 있을까요 밖에
있을까요"라는 구절의 '정오', '숲길', '의자'의 관계에서,
의자는 객체이고 정오와 숲길은 주체이다. '의자'는 앉
아 있는 장소이자 '몽상가'라는 은유로서 의식과 무의
식, 현실과 환상을 연결한다. 시인은 '의자 위에 앉은'
'정오'와 '숲길'이라는 두 공간을 병치해서 사유하는 정
신적 존재(인간)의 복합적 층위를 드러낸다. '의자'는 정
지와 고요, 사유의 공간을 의미한다. 의자에 앉아 있다
는 것은 '움직임'에서 '멈춤'으로, '외부'에서 '내부'로의
전환이다. 몽상가는 현실을 벗어나 상상의 세계에 잠
기는 존재로, 이는 데카르트René Descartes 이후 '근대 주
체'의 내면적 성찰과 닿아 있다. 몽상은 현실의 구속을
벗어난 자유로운 사유의 상태이며, 메를로-퐁티Maurice

Merleau-Ponty의 '현상학적 경험'에서 몸과 의식의 관계를 탐구하는 태도와도 연결된다. 따라서 정오는 곧 몽상과 사유의 절정으로서의 정오가 된다.

'프라하에서 셀카를 찍은 아이'라는 구체적 이미지와 '카프카' '릴케'와 같은 소설가나 시인을 호출하는 것은 시간과 장소를 넘나드는 시인의 지적 상상을 통해 내면의 변화를 심층적으로 탐구함을 보여 준다. 결국 이 시는 시간이라는 개념 아래서 성장과 변화, 그리고 존재의 이중적 양상을 설파하고 있다. 시의 후반부에 등장하는 '성장판', '키 작은 아이', '릴케의 의자' 등은 성장과 변화, 그리고 존재의 불확실성을 상징한다. 키가 반드시 자라야 하는 것이 아니고, 성장 호르몬이 밤에만 분비된다는 사실은 인간 존재의 시간성과 한계를 암시하며, 이는 아리스토텔레스Aristoteles의 '생명력entelechy' 개념과 공명한다고 할 수 있다.

요컨대, 「오전은 숲길, 의자는 몽상가」는 '시간'과 '공간', '움직임'과 '멈춤', '현실'과 '몽상' 사이의 관계를 탐색하며, 존재의 근원적 상태와 사유의 본질을 다층적으로 성찰하는 시이다. 이는 서양 철학과 동양적 사유가 만나 조화롭게 공존하는 철학적 미학을 구현한 것으로 보아도 무리가 없을 것 같다.

사유의 본질에 대한 성찰은 본질에 대한 사유의 성찰로 이행하여 마침내 꽃 피는 라인을 읽으며 꽃 지는 부호를 발음하는 단계로 나아간다.

3. 꽃 피는 라인을 읽으며 꽃 지는 부호를 발음한다
―관계의 선, 소통의 물결

시 「라인」은, '선line'이라는 공간적·시간적 경계와 흐름을 매개로 하여 존재와 관계, 변화와 지속에 관한 깊은 철학적 담론을 담고 있다. '라인'은 단순한 직선이나 물리적 경계가 아니라, 삶과 인식의 흐름 속에서 끊임없이 움직이고 변하는 존재의 궤적, 그리고 그 궤적들이 얽히고설키는 관계의 장場을 의미한다.

당신에게로 가는 길이었을까

시선의 끝에서 숨은 꽃이 피는 물결선이 출렁인다

꽃 피는 라인을 읽으며 꽃 지는 부호를 발음한다

자존심은 직선의 경도硬度로 어제의 얼굴을 고집하지만

흔들리는 직선이 마침내 둥글게 펴해지는 지점에서

당신은 가상선으로 말하고 나는 물결무늬 흐름으로 속에 들인다

엽서가 왔다

태양이 우리에게로 오는 길

화상을 피해 마침내 길을 나서는 우리의 길가에

곱게 물든 낙엽처럼 나뒹구는 가상선은 아름다웠다

빨랫줄이 하늘을 가르며 빙의를 털어내던 날

비가 오지 않는 계절의 외형선은 수척했다

사람 사이에도

얼음 어는 시간이 있어 모서리선에는 날카로운 날이 있었다

이제 우리는 수면처럼 깊이 손을 잡는다

악수는 선이 선을 잡고 선이 선을 쓰다듬는 의식

춤추는 빨랫줄을 밟고 그네처럼 차오르는 약속

당신 부근에 선 내 마음이 중심선이 된다

내 앞에 선 아름다운 당신 가슴으로 난 하염없는 길

먼 눈길이 당신에게로 가는 길이었을까

　　　　　　　　　—「라인」 전문

　"당신에게로 가는 길이었을까/시선의 끝에서 숨은 꽃이 피는 물결선이 출렁인다"는 구절은 '선'이라는 형상을 단순한 공간적 경계가 아닌 감정과 관계를 잇는 다차원적 매개체로 확장시킨다. 시인은 '자존심'이라는 경직된 직선을 '물결무늬 흐름'으로 부드럽게 변화시키며, 고집스러운 마음의 고정성을 유연하게 해체한다.

'가상선' '외형선' '모서리선' 등 다양한 선의 개념은 관계 속에서 일어나는 긴장과 조화를 은유한다. 여기서 '직선'과 '물결선'은 각각 존재론적 안정성과 유동성을 상징한다. '직선'은 전통적으로 명확하고 고정된 경계, 자아의 견고한 정체성을 나타내지만, 흔들리고 둥글게 변하는 '물결선'은 고정된 자아가 아닌 유연한 존재를 암시한다. 반면 '물결무늬 흐름'은 변화와 운동, 즉 현상학에서 말하는 '시간의 흐름'과 '경험의 유동성'을 상징하며, 고정된 실체가 아니라 과정으로서의 존재를 드러낸다.

이러한 사유는 헤겔Georg Wilhelm Friedrich Hegel과 베르그송Henri-Louis Bergson, 그리고 메를로-퐁티의 철학에서 그 근원을 찾을 수 있다. 헤겔은 '변증법'을 통해 고정된 본질이 아닌 변화 속에서의 자기 전개를 강조했고, 베르그송은 시간과 삶을 '지속durée'으로서, 연속적이고 흐르는 운동으로 이해했다. 메를로-퐁티는 우리의 지각과 몸이 세계와 끊임없이 상호작용하며 고정되지 않은 '선'을 그린다고 보았다.

시에서 '가상선virtual line'과 '외형선outline'은 존재가 물리적 실체뿐 아니라 보이지 않는 관계망 속에서 형성된다는 것을 의미한다. 가상선은 실제로 존재하지 않지만 경험과 관계 속에서 의미를 띠는 선으로, 들뢰즈의 '가

상성' 개념과도 연결된다. 가상성은 현실과는 달리 잠
재적 가능성과 생성의 장이며, 존재의 다층적 차원을
보여준다.

특히 '악수'는 선이 선을 '잡고 쓰다듬는 의식'으로 묘
사되는데, 이는 시적 관계론과 철학적 의례론에 뿌리를
둔다. 서로 다른 '선'들이 만나 손을 맞잡고, 서로를 인
정하며 새로운 의미를 생성하는 행위는 하버마스Jürgen
Habermas의 의사소통 행위 이론, 혹은 레비나스의 타자
윤리와 맥락을 같이한다. 즉, '라인'은 단절된 개인들의
경계가 아니라, 상호 작용하며 의미를 만들어 내는 '관
계의 현장'인 것이다.

관계 속에서 존재와 존재가 만나는 순간은 고정된 지
점이 아니라 상호 작용하고 변화하는 움직임이다. '빨
랫줄이 춤추고 그네처럼 차오르는 약속'은 이러한 소통
과 신뢰, 그리고 미래에 대한 희망을 상징한다.

이 시는 또한 '내 마음이 중심선이 된다'는 선언을 통
해 주체가 관계 속에서 중심을 잡고 나아가는 자세를
제시한다. 결국 「라인」은 고정된 실체로서의 자아와 세
계를 넘어서, 변화하는 시간 속에서 관계를 맺고 서로
를 비추는 존재의 다층적이고 유동적인 모습을 시적으
로 형상화한 시다. 그러니까 선Line은 존재와 비존재, 주

체와 타자, 나와 너를 이어주는 보이지 않는 에너지이
자 흐름임을 진술하고 있는 것이다.

시인은 삶의 흐름과 관계성, 그리고 존재의 복합적
의미를 탐구하는 철학적 통찰을 하는 자이다. 그러므로
시인은 "꽃 피는 라인을 읽으며 꽃 지는 부호를 발음한
다." '직선의 자존심'이 가진 날카로운 날을, '선이 선을
쓰다듬는 의식'인 악수를 통하여, 타자 중심의 외형선과
가상선의 길을 내고, 마침내 아름다운 상대에게로 나의
사랑의 눈길이 정착하는 것이다.

정착하는 사랑의 눈길은 갈비뼈를 깎아 만든 소리가
철썩이는 물가를 멀리 바라본다.

4. 갈비뼈를 깎아 만든 소리 ─경계의 사유, 삶과 죽음의 교차로

시 「물가를 걷다」는, '길'과 '물가'라는 시적 공간을 통
해 존재의 경계, 변화, 그리고 인간 실존의 고독과 연대
에 관한 깊은 철학적 성찰을 전개한다. 여기에서 경계
는 삶과 죽음, 안정과 불안정, 고립과 연대의 경계이다.
시인은 길이 끝나는 벼랑과 그 아래 흐르는 물을 통하
여 삶의 한계와 그 너머에 펼쳐진 미지의 세계, 즉 '존재

의 두께'를 상징적으로 드러낸다.

길이 끝나는 곳에 벼랑이 있었고 벼랑 아래 물이 흘러 다시 길이
열렸다

배는 여전히 건너편 먼 육지에 정박해 있다

새벽에 누가 또 이곳을 지나간 것인가
물기슭에 자국을 남기며 가장 낮은 곳을 걸어간 족적이 지금은 벽
에 걸려 있다
무늬 돌이 구들장처럼 쌓여 있는 허공의 책들이 검게 물결 진다

벼랑 끝을 걷다가 떨어지는 사람의 천 길 낭떠러지에 매달린 앙상
한 갈비뼈는 희다

흰옷을 입은 여인이 물가에서 하얀 피리를 불고 있다
갈비뼈를 깎아 만든 소리
물결의 젖은 손에 붙들린 피리 소리가 해안을 철썩이고 있다

순결이란 그런 것, 언제 떨어질지 모르게 일촉즉발로 장전된 침묵

안내도 없이 하늘 아래 외로움이 물가를 걷는다

걷는 모습이 달빛 같아 애월涯月이다

—「물가涯를 걷다」 전문

"길이 끝나는 곳에 벼랑이 있었고 벼랑 아래 물이 흘러 다시 길이 열렸다"라는 구절은 존재의 한계와 그 너머를 상징한다. 그 너머 흐르는 것은 또 다른 길이다. 벼랑은 죽음 혹은 절망의 이미지이지만, 그 아래 흐르는 물은 새로움과 희망, 그리고 지속성을 의미한다. 죽음과 삶은 흘러서 순환하고 희망과 절망 또한 흘러서 순환한다.

철학적으로 '길'은 존재론적 여정, 즉 인간이 자신의 삶과 정체성을 탐색하는 과정을 의미한다. 하이데거는 그의 저서 『존재와 시간Sein und Zeit』에서 인간 존재는 항상 어떤 길 위에 서 있으며, 그 길은 '죽음이라는 한계'와 마주하는 '유한성'의 공간이다. 시 속 벼랑은 죽음과 같은 극한 상황, 존재의 한계를 상징하며, 그 아래 흐르는 물은 '시간'과 '변화'의 메타포이다.

물은 현상학과 동양철학에서 중요한 존재의 상징으로 등장한다. 물은 끊임없이 흐르고 변하며 고정되지 않는 '유동성'을 나타내는데, 이는 헤겔과 베르그송의 시간 철학, 그리고 노자의 '도' 사상에서 찾아볼 수 있다. 노자는 '물'을 '도'의 본질적 은유로 삼아 자연스러운 흐름과 무위無爲를 강조한다. 「물가를 걷다」는 이러한 흐름 속에서 인간이 어떻게 자신의 존재를 이해하고 수용하는지를 탐구한다.

배는 강을 건너는 도구이자 수단이다. "여전히 건너편 먼 육지에 정박해 있"는 배는 길은 열렸지만 길을 걸어갈 수단이 아직 해결되지 않았다는 말이다. 실존이 삶의 현장에서 자주 맞닥뜨릴 수밖에 없는 애로와 난관을 의미하는 것으로 보인다.

시인은 또, "새벽에 누가 또 이곳을 지나간 것인가"라고 물으며 흘러간 인물들의 족적을 책으로 표상하여 '무늬 돌이 구들장처럼 쌓여 있는 허공'에서 '검게 물결 진다'고 한다. 그들은 '벼랑 끝을 걷다가 천 길 낭떠러지에' 떨어지고 절벽에는 희고 '앙상한 갈비뼈'가 걸려 있다고 한다. 순결한 실존적 삶의 치열성과 절박성, 마멸과 잔존이 이보다 더 감각적으로 묘사될 수 있겠는가.

나아가 '흰옷 입은 여인'이 물가에서 '하얀 피리'를 부는 장면을 통해 시인은 순결과 침묵, 그리고 '일촉즉발'의 긴장을 연출한다. '하얀 피리'와 '갈비뼈'의 이미지는

존재의 연약함과 순결성, 그리고 생명력의 이중성을 상
징한다. 피리 소리는 '침묵'과 '소리' 사이의 경계에 위치
하여, 레비나스의 '타자성' 철학을 또한 연상시킨다. 타
자는 나와 완전히 구별되면서도 나의 윤리적 책임을 촉
구하는 존재로, 시 속 여인의 피리는 고독하면서도 타
자를 향한 소통의 가능성을 나타낸다. 피리는 갈비뼈를
깎아 만든 소리를 낸다. 이것은 고통과 희생, 아름다움
이 복합적으로 결합된 상징이다. 물결 소리는 해안과의
접촉, 즉 경계와 접촉의 긴장감을 은유한다. 그것들은
"일촉즉발로 장전된 침묵"으로서의 순결이다.

"안내도 없이 하늘 아래 외로움이 물가를 걷는다"는
구절은 존재론적 고독과 불확실성, 삶의 근원적 불안을
드러낸다. 시적 화자는 달빛 같은 '애월'을 걸으며 존재
의 한계와 그 너머를 묵상한다. 이 시는 끝과 시작, 죽음
과 삶, 고립과 연대가 교차하는 존재의 복합적 모순을
이와 같이 깊이 사유하고 있다.

마지막으로, 시는 '애월涯月'이라는 표현으로 '길가'와
'달'을 동시에 떠올리게 하며, 존재의 고독과 동시에 빛
나는 순간을 포착한다. 이는 실존철학에서 '순간적 계
시Kairos'와도 닿아, 한순간의 체험 속에서 삶의 의미와
초월성을 경험하는 인간의 모습을 함축한다.

요컨대, 「물가를 걷다」는 존재의 한계와 변화, 그리고 고독과 연대라는 실존적 주제를 물의 흐름과 길의 상징을 통해 섬세하게 사유하며, 동서양 철학의 시간과 존재에 대한 통찰을 시적으로 구현하고 있다.

물가를 걷는 시인은 마침내 소통의 입구로서의 창문과 창문을 통해서 다가오는 본질적 아름다움을 발견하는데, 눈부신 창문을 넘어서 오는 바로 당신은 아름답다.

5. 내게로 오지 않아도 가득 차게 되는 것이 아름다움입니다 ―소통의 입구와 비소유의 아름다움

표제시인 「눈부신 창문」은 시집의 전체적 사유를 응축한 작품이다. 이 시는 존재론적 사유와 현상학적 인식론, 그리고 관계론적 철학을 아우르는 심오한 철학적 배경 위에 세워져 있다. 시집 제목이기도 한 『눈부신 창문』은 단순한 물리적 창문이 아니라, 인간 존재가 세계를 인식하고 타자와 소통하는 경계이자 매개체로서의 '창문'을 상징한다. 이는 메를로-퐁티의 현상학적 인식론과 연결된다.

물 흐르듯 당신에게 다가가야 합니다

당신은 밝음으로 거기 있고
나는 조금씩 어둠을 밀어냅니다

봄이 당도하기 전에 강가의 버드나무가 싹눈을 먼저 틔웁니다 보
이지 않는 부활의 시간을 향해 창문이 먼저 달려갑니다 시간이 보이
면 시간은 남아 있지 않습니다 모두에게 미래는 있지만 서로 다른 미
래입니다

창문의 결은 물결 같습니다
바람에 밀리며 방향을 바꿉니다

나는 산만하지 않을 것입니다
박학하지 않을 것입니다
알맞은 거리만큼 보면서 본 만큼만 알겠습니다
물결을 흘려보내며 제 자리에 서 있겠습니다

창문은
나를 당신에게로 보내는 것이 아니라
당신을 내게로 데려오는 입구입니다

골목길 남의 집 담장 위에 줄장미가 푸지게 피었습니다 핏빛 붉은
꽃잎에 숨이 멎습니다 아찔한 현기증으로 뒤뚱거리면서도

나는 당신을 가지지 않음으로써

온전히 가지게 됨을 압니다

내게로 오지 않아도 가득 차게 되는 것이 아름다움입니다

내 것이 아니면서도 나를 기쁘게 하는 것이 아름다움입니다

물 흐르듯 당신을 데려와야 합니다

마음에 여백을 만들면

당신이 내게 걸어 들어와 눈부신 창문이 됩니다
—「눈부신 창문」 전문

시인은 '창문'을 '나'와 '너', 내면과 외부 세계를 잇는
통로, 즉 소통의 입구로 상징화한다. 메를로-퐁티는 우
리의 지각이 단순한 대상 인식이 아니라, 몸을 통해 세
계와 '접촉하는 창문'이라고 설명한다. 이 창문은 '투명
한 경계'로서, 자아와 타자, 주체와 객체를 구분하지만

동시에 연결하는 기능을 한다. 김인숙 시인이 '눈부신 창문'을 통해 드러내려는 바 역시 이와 같다. 창문은 빛과 어둠, 내부와 외부를 구분하는 경계지만, 동시에 그 너머를 들여다보게 하며, 내면과 외부 세계의 흐름을 매개한다.

이 시의 구조는 창 안-창문-창밖의 세 가지 단계로 파악된다. 당신은 창밖에 있고 나는 창 안에 있다. 창밖은 밝고 창 안은 어둡다. 제 자리에 서 있는 창문이 양자의 중간 위치에서 양자를 매개한다. 이리하여 창밖=밝음=당신=아름다움=부활의 시간으로 등치된다.

또한 '눈부신'이라는 형용사는 현상학적 '현시 Erscheinung'를 함축한다. 이는 빛남을 통해 사물이 드러나고, 의미가 발생하는 순간을 의미한다. 시인은 창문을 통해 '당신'과 '나'가 서로에게 다가서고, 서로의 존재를 밝히는 '현시의 장'을 펼친다. 여기서 '눈부심'은 지식이나 인식의 순간뿐 아니라 존재가 드러나는 순간, 타자와의 소통과 관계 형성의 순간을 상징한다.

"물 흐르듯 당신에게 다가가야 합니다/당신은 밝음으로 거기 있고/나는 조금씩 어둠을 밀어냅니다"라는 이 구절은 소통과 관계 맺기의 섬세함을 표현한다. '밝음'과 '어둠'이라는 대립적 이미지가 당신과 나의 조화로

교차하면서, 존재의 차이와 거리를 인정하는 동시에 가까워짐을 표현하는 것이다.

"나는 산만하지 않을 것입니다/박학하지 않을 것입니다/알맞은 거리만큼 보면서 본 만큼만 알겠습니다/물결을 흘려보내며 제 자리에 서 있겠습니다"라는 구절, 여기서 시인은 집중과 절제를 이야기한다. 관조자의 정관靜觀을 이야기한다. 욕심을 버리고 한 자리에서 가만히 바라봄으로써 창문을 통해서 들어오는 것들을 받아들이겠다는 것이다. 그러니까 시인은 소유하려는 집착을 버리고 있는 그대로를 받아들이는 태도를 제시한다.

시인이 규정하기를, 창문은 '나'를 '당신'에게 보내는 통로가 아니라, '당신을 내게 데려오는 입구', 그러니까 '당신'을 '나'에게 연결하는 통로다. 이는 관계와 소통의 쌍방향성을 시적 언어로 구현한 것이면서 적극적인 나의 현시이기도 하다. 그러니까 창문은 곧 당신을 나에게 들이는 나의 열린 마음이 된다. 그러나 제 자리에 서 있다.

"나는 당신을 가지지 않음으로써/온전히 가지게 됨을 압니다"는 '비소유의 소유'라는 역설을 말하는 시적 진술이다. '비소유의 아름다움'은 소유를 넘어선 존재론적 태도로서, 관계와 삶의 본질에 관한 깊은 성찰을 반영한다. 또한 "내게로 오지 않아도 가득 차게 되는 것이 아름다움"이라는 구절은 소유의 경계를 넘어선 존재의 풍요로움을 노래하는 미학적 명제이기도 하다. 이는 '서로 다른 미래'를 가진 개별 존재들의 독립성과 존엄성을 존중하는 철학적 입장이면서 동시에 '미적 소유의 법칙'이라는 미학 이론과도 맥이 닿는다. '미적 소유의 법칙'이란 하르트만Nicolai Hartmann이 그의 『미학』에서 말하는 법칙이다. '미적 소유'는 '물질적 소유'나 '법률적 소유'와는 다르다. 물질적 소유는 특정인이 가지면 다른 사람은 가질 수 없다. 법률적 소유는 소유권을 법률에서 인정하는 소유이다. 이와는 달리 미적인 대상은 한 사람만이 독점적으로 가질 수 있는 것이 아니라, 여러 사람이 다 같이 가질 수 있으며 법률적으로 소유권을 인정받아야 할 필요도 없다. 어떤 사람이 미적 가치를 알고 그것을 온전히 감상할 수 있는 능력을 가지고 있으면서, 그것을 실제로 보면서 즐길(감상할) 때, 바로 그때 미적 대상(예술 작품)의 진정한 소유자는 바로 그 사람(감상자)이 된다는 것이 '미적 소유의 법칙'이다. 바로 이러한 법칙을 시인은 "내 것이 아니면서도 나를 기쁘게 하는 것이 아름다움입니다"라는 시구로 표현하고 있다.

바꿔 말하면, 김인숙은 동양철학적 관점과 서양철학이 교차하는 지점에 서 있다. '비소유의 아름다움'은 불교적 무아無我 사상과도 통한다. 내 것이 아니면서도 나를 기쁘게 하는 아름다움, 소유하지 않음으로써 온전히 가진다는 사유는 존재의 비집착과 자유로움을 상징한다. 이는 존재론적 자유와 윤리적 책임 사이의 균형을 탐구하는 현대의 철학적 논의와도 맥이 닿는다.

마지막으로, 창문은 시간성과 공간성, 그리고 관계적 주체성의 메타포로서 작동한다. 창문을 통해 '서로 다른 미래'를 가진 개별 존재들이 동시에 공존하며 상호작용하는 세계를 시인은 보여준다. 이러한 시적 공간은 하이데거의 주저『존재와 시간』의 핵심 개념과도 연결된다. 존재는 단절된 '나'가 아니라 시간 속에서 '세계 내 존재'로서 타인과의 관계 속에 자리매김한다.

* 사유의 창문을 열다

시인 김인숙의 시집,『눈부신 창문』은 존재의 경계, 인식의 투명성, 그리고 관계의 개방성을 사유하며, 인간이 세계와 맺는 다층적 관계의 미묘함과 아름다움을 철학적으로 조명한 역저이다. 여기서 삶과 우주, 존재와 관계, 시간과 공간은 상대적 개념이 아니라, 이것들을 아우르는 사유 안에서 융합하여 하나이면서 둘이고, 둘이면서 하나인 개념이 된다.

이 시집은 우주 탐사선과 스침, 일상의 의자와 몽상가, 숲길과 물가와 창문이라는 다양한 상징들을 통해 존재의 심층적 의미를 탐색한다. 시인은 '용기'와 '부력', '선'과 '경계', '소통'과 '단절', '사랑'과 '모순', '삶'과 '죽음'이라는 다양한 키워드를 통해 인간 존재가 어떻게 세계와 연결되고 변화하는지를 깊이 성찰한다.

단순한 서정시집이 아니라 사유와 명상을 요구하는 이 시집을 통해서 독자는 자신의 삶과 세계와의 관계를 새롭게 바라보는 '눈부신 창문'을 하나씩 열 수 있을 것이다.

그러나 분명한 사실은, 이 시집 속에 녹아든 것이 철학의 뼈만은 결코 아니라는 점이다. 읽는 이에 따라서는 '서정의 뼈'를 발라낼 수도 있고, '자연의 뼈'나 '사랑의 뼈' 또는 '연민의 뼈'나 '사회적 현실의 뼈'도 발라낼 수 있다. 더 나아가 그것들이 뒤엉켜 만들어 낸 낯선 혼종의 뼈도 탐색이 가능할 것이다. 어떤 뼈를 더듬어내느냐는 전적으로 독자의 몫이다.

김인숙 시인

경북 고령에서 태어나 2010년 《월간문학》으로 등단했다. 시집 『꼬리』(2011), 『소금을 꾸러 갔다』(2014), 『내가 붕어빵이 되고 싶은 이유』(2016), 『익숙한 것을 새롭게 보는 방식』(2023)이 있고, 논문 「구상 시인의 생애와 왜관 낙동강」(2022)이 있다. 제21회 신라문학상 대상(2009), 제18회 한국문학예술상(2015), 농어촌문학상 대상(2015), 제1회 경북작가상(2015), 제30회 경상북도문학상(2016), 제8회 석정촛불시문학상(2021)을 수상했다. 예천곤충생태원에 2016년 경상북도 예천군에서 세운 시비가 있다. 한국문인협회 경상북도지회 사무국장과 부회장을 역임했다. 현재 한국문협 회원, 경북문협 회원, 구상문학관 시동인 〈언령〉 지도교수, 낙동강문학관 운영위원으로 활동하고 있다.

insuk08270@hanmail.net

눈부신 창문
김인숙 시집

발행일
초판 1쇄   2025년 12월 22일

지은이   ● 김인숙
펴낸이   ● 김종해
펴낸곳   ● 문학세계사
출판등록   ● 1979. 5. 16. 제21-108호

주소   ● 서울시 마포구 신수로 59-1(04087)
대표전화   ● 02-702-1800
팩스   ● 02-702-0084
이메일   ● munse_books@naver.com
홈페이지   ● www.msp21.co.kr

ISBN 979-11-93001-84-4   (03810)
ⓒ 김인숙, 문학세계사